ダライ・ラマの猫

ネコが伝えてくれる幸福に生きるチベットの教え

THE DALAI LAMA'S CAT
by David Michie

デビッド・ミチー
梅野泉／訳

二見書房

ダライ・ラマの猫

ネコが伝えてくれる幸福に生きるチベットの教え

THE DALAI LAMA'S CAT
by David Michie

English language publication 2012 by Hay House Inc.
Japanese translation published by arrangement with Hay House UK Ltd. through The English Agency (Japan) Ltd.

私たちと心をともにした愛しき小さなリンポチェ[※1]
サファイアの玉座の王女ウィッシック[※2]に捧げます

私たちに喜びをもたらしたいのちを
私たちもこよなく慈しんだ

本書が、彼女の、そして生きとし生けるものの
完全な解放をすみやかにもたらしますように

生きとし生けるものが幸福でありますように
幸福の源とともにありますように

生きとし生けるものが苦しみと
苦しみの因から解放されますように
生きとし生けるものが苦しみのない、涅槃の大楽《たいらく》
解放そのものの幸福のなかに
留まりつづけることができますように
生きとし生けるものが平和と平穏のなかにあって
愛着と嫌悪、無関心から自由でありますように

※1　リンポチェは、チベット語で「宝物」の意味。仏法を保持し、教える資格を持つ僧侶の尊称として使われることが多い。
※2　ウィッシックは、著者が飼っていたヒマラヤンの猫の名前。本書が上梓される直前に十七歳で亡くなった。

目次

おもな登場人物

アタシ……………………… ヒマラヤンの子猫。法王様のネコ、スノーライオン、リンポチェと、いくつもの名前で呼ばれている。

ダライ・ラマ……………… チベット民族の国家的・精神的指導者。1959年インド亡命、ダラムサラにチベット亡命政府樹立。1989年、チベット問題に対する非暴力・平和的解決への姿勢が評価されノーベル平和賞受賞。世界中から招聘され、仏法を説く。科学者との対話、慈悲の教育などを推進。観音菩薩の化身と信じられている。現在14世。文中では法王様とも呼ばれる。

チョギャル ……………… ダライ・ラマの右腕として働く若い僧侶。

テンジン………………… 亡命政府の外交大使を務める。オックスフォード大学卒。

ロプサン………………… ダライ・ラマの通訳を務める僧侶。ブータン王族の遠い親戚に当たる。アメリカで教育を受け、エール大学で言語学と記号論の哲学博士号を取得している。

運転手 …………………… ダライ・ラマお抱えの運転手。皮肉屋。

ミセス・トリンチ………… 料理上手で明るい50代のイタリア人女性。未亡人でジョカンのすぐ近くに住む。ダライ・ラマの客を料理でもてなす。

フランク………………… カリフォルニア出身。マクロード・ガンジにあるカフェ・フランクのオーナー。チベット仏教にひかれて、ダラムサラに住むようになった。

ゲシェ・ワンポ………… ナムギャル寺にいる仏教学博士。

サム・ゴールドベルグ…… カフェ・フランクにやってきた読書家の客。

おもな場所

ダラムサラ……………… 本書の舞台。インド北部の一角をさす地名。チベット亡命政府の所在地。多くの亡命チベット人が生活している。現在ではチベット仏教の聖地ともなっている。

ジョカン………………… ダラムサラにある、アタシが暮らす建物。

ナムギャル寺 …………… ダラムサラにある僧院。ダライラマ公邸のすぐそばにある。

マクロード・ガンジ……… ダラムサラの中心街。

カフェ・フランク………… マクロード・ガンジにあるフランクのカフェ。

本書のおもな舞台

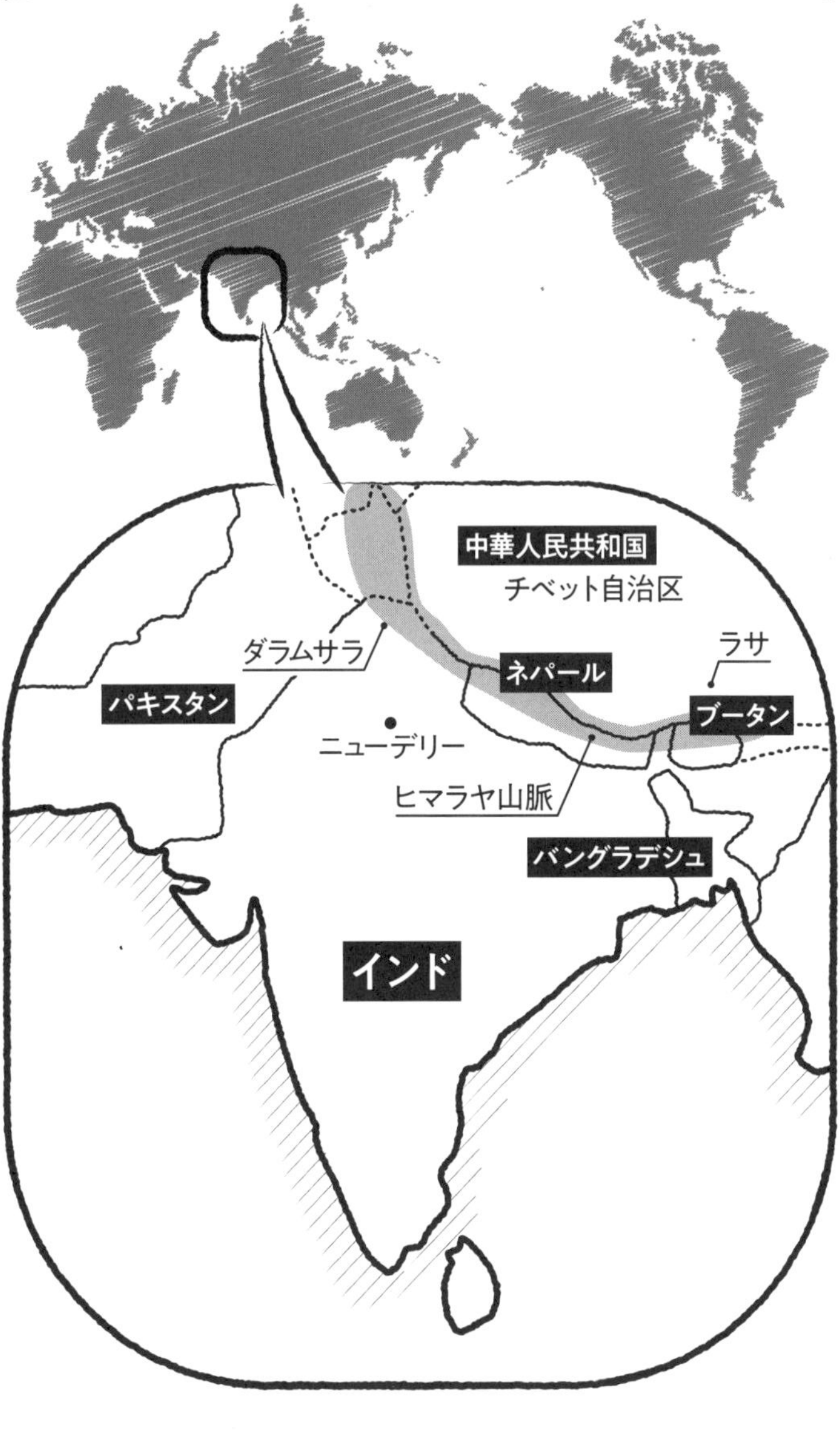

中華人民共和国
チベット自治区
ダラムサラ
ラサ
ネパール
パキスタン
ブータン
ニューデリー
ヒマラヤ山脈
バングラデシュ
インド

ブックデザイン　ヤマシタツトム
イラストレーション　祖敷大輔
編集　幣旗愛子
DTP　片野吉晶

プロローグ

ヒマラヤの朝、太陽はさんさんと輝いていた。

とてつもないアイディアがひらめいたのはそんなある朝のこと。アタシはいつものように二階の窓の敷居――ここは最小の努力で最大の眺望が得られる最高の穴場――に寝そべって朝日に輝くヒマラヤを眺めていた。そろそろダライ・ラマを訪ねてきた客も帰る気配だった。

その客が誰か、名前を出すのは遠慮しておくわ。ともかく超有名なハリウッド女優なのよ。本物のブロンドの、子供たちのための慈善事業に熱心で、ロバが大好きな彼女。ね、わかるでしょ。そう、彼女よ！

彼女が部屋を出ようとしたとき、窓の外の雪で覆われた山々の素晴らしい眺めに目をやり、初めてアタシに気づいた。

「まあ、なんてかわいいんでしょう！」と彼女はアタシの首を撫でようと身を乗りだしたので、思いっきり前足を伸ばしてあくびをしてみせた。

「猊下《げいか》がネコを飼っていらしただなんて！」と彼女は驚きの声をあげた。何人もの人がアタシのことを同じような目で見るのが不思議だわ。みんながみんなアメリカ人のように大きな声を出して驚いてみせるわけではないけれど、どうして法王様がネコを飼ってはいけないの？　法王様だって、ネコを飼うことはあるわ。でも「ネコを飼っている」という言い方がそもそも正しいのかしら？

さらに言わせてもらえば、よく観察している人なら、法王様のおそばにはネコがいるってことぐらいすぐにわかるはず。抜け毛だってあるし、ひげの切れ端だって目につくはずよ。法王様のすぐそばにいるという特権に浴し、僧衣を細かく調べることができたなら、白い毛の束くらい見つかるだろうし。となると、発表はされていなくても、法王様は独りではなく、聖域の奥でお行儀のいいネコと暮らしている、ということになる。

前にこれとそっくりのことがあった。法王様がバッキンガム宮殿を訪問した際に、女王陛下のコーギー犬がすごい勢いで反応したので、その犬は有名になった。なのに、どういうわけか世界のメディアは気がつかなかったふりをしたのね。

あ、ちょっと脱線《だっせん》したわ。

そのアメリカ人の女優さんはアタシの首を撫でると、

「ところで、名前はあるのかしら？」と聞いたの。

「ありますよ！　たくさんあるんです」法王様は謎めいた微笑を浮かべてそう答えた。

ダライ・ラマが言ったとおり、アタシにはいろいろな名前がつけられていて、よく呼ばれる名前とそうでない名前がある。飼いネコによくあることね。生身のアタシが気にすることのない名前というのもある。法王様の関係者の間では、「戒名」として知られている。法王様ご自身はこの名前でアタシを呼んだことはない。そのままの名前では。アタシが生きているかぎり、その名前は公表しないことになっている。少なくとも、この本では、というか、この章では絶対そんなことにならないわ。

「この子がおしゃべりできたなら」と女優さんは続けて言った。「きっと、すごく賢くて私たちに伝えたいことがあるんだわ」と。

この言葉が引き金となって、アイディアのタネが植えられたの。その後数か月の間、法王様が新しい著作に取りかかっているのをずっと見ていた。正しい訳になっているか、ひと言ひと言が、ピッタリの言葉で読者に伝わるか、長い時間をかけての作業が続いた。

そんな様子を見ていたら、ますます、自分にも本を書かなくてはならない時機が巡ってきているのではないかと思えた。ダライ・ラマのお足元、いえ、お膝にまで乗って、こんなにおそばにいて学んだ智慧のカケラでも伝えることができるような本、ビンボーから金持ちへ、ノラネコからお寺のネコへ、というような俗っぽい本じゃなく、自分の物語を伝えるような本を書ければ、と。思いだすのもぞっとするような運命から拾い上げられて、どうやって世界のもっとも偉大なリーダーのひとりで、ノーベル平和賞受賞者であるような方のおそばにいるようになったか、ということ、それにその方が、実はネコ缶を開ける達人だということも伝えておきたいの。

法王様が長時間机に向かって仕事をしすぎているのではないかと思うときは、窓の敷居からとび降りて法王様の足元まで行き、ふわふわの胴体を擦りつけるの。それでも、気がつかない様子なら、そっと足首の急所を噛むまねごとをしてみる。これが効果テキメン！

ため息まじりにダライ・ラマは椅子をうしろに引いてアタシを腕に抱きあげ、窓辺に向かう。この大きなブルーの目をダライ・ラマの腕の中で見つめられると、深い愛情がダライ・ラマの目からあふれているのを感じ、いつまでも幸せで満たされてしまう。

「かわいいボディキャットヴァ」とたまにそんなふうに呼ばれるの。「ボディサットヴァ」という菩薩を意味するサンスクリットと「キャット」がいっしょになって、さしずめネコ菩薩様、ね。

あけ放った窓からカングラの谷のパノラマをいっしょに眺めていると、風が樹々のいい香りを運んでくる。ヒマラヤ特有の松やカシワやシャクナゲが、原初の森の不思議な気配を醸しだしているかのよう。ダライ・ラマの温かな胸に抱かれていると、物と物の区別がまったくなくなっていく。観察する者とされる者、ネコとラマ、夕暮れの静けさとアタシが喉を鳴らす音、すべてが溶けあっていく。

まさにこのようなときよ。ダライ・ラマのネコでよかった、と感謝がこみあげてくるのは。

第一章
はじめての冒険、はじめてのネズミ狩り――慈悲

アタシがまだとても小さかった頃に、地獄から天国に転じるすごい出来事があって、そのおかげで今があるということに感謝せずにはいられない。あの事件がなければ、こうして親愛なる読者とも出会えなかったことだろう。

モンスーンの午後のニューデリーでのこと。ダライ・ラマはアメリカでの法話の旅を終えて、ちょうどインディラ・ガンジー空港からの帰宅途上だった。町の外れを通り抜けようとしたとき、一頭の牡牛がハイウェイの真ん中を悠然と歩いていたせいで車は渋滞してしまった。

ダライ・ラマは交通渋滞から抜けだすのを待つともなく心静かに窓の外を見ていた。視線の

先には何があったのか？

歩行者や自転車、露天商や物乞いたちの喧噪のただなかで、ぼろをまとったストリートチルドレンが二人、その日の取引にけりをつけようと躍起になっていた。二人はその日の朝早くに、路地裏に積み重ねられたズタ袋の陰でなにやらうごめいている塊を見た。近寄ってじっくり見てみると、生まれたばかりの子ネコのきょうだいがよりそっていた。子供は金目の物があるのだと気がついた。男の子たちは野良ネコの類《たぐい》なんかじゃなく、明らかに最上級の品種のネコだった。子ネコたちはヒマラヤンを見たこともなければ触ったこともなかったが、我らが誇るこのサファイヤ色の目を見て、美しい色艶と豊かな毛並みに商品価値があるに違いないと踏んだのだ。

母親が居心地よくあつらえてくれた寝床からアタシたちを奪うと、裏町での恐るべき商談に突きだした。姉の二匹はなかでも大柄で発育がよかったので、数分のうちに買い手がついた。思いがけない幸運に連中は興奮して、アタシを歩道に放りだしたものだから、着地する際に足を痛めてすんでのところでスクーターに轢かれるところだった。

男の子たちは二匹の痩せた子ネコを売るのに難儀していた。何時間もうろうろ歩き回って、次々と通り過ぎる車の窓に押しつけて売ろうとしていた。母親からあまりにも早く引き離されたアタシたちはまだ赤ん坊でどうすることもできなかった。ミルクももらえずにすっかり腹ぺコで、さっき地面に落ちたときの痛みもあり、男の子たちが年寄りの客を狙っていたときには頭がボーッとしていた。その客は、孫娘にネコをプレゼントするつもりでいたらしい。

子ネコを地面に置くように、と身振りで示すと、しゃがみこんでアタシたちをよく調べはじめた。

兄のほうは、道の脇の波状になった泥の上を歩いて、ミルクを欲しがって哀願する声で鳴いた。アタシは、うしろからつつかれて動かそうとされたが、ひとたまりもなくよろめいてどろどろの水たまりの中に倒れこんだ。

ダライ・ラマが目撃したのが、まさにこの光景だった。

この先の話はこう続く。

商談がまとまったようで、兄は歯の抜けた老人にもらわれていった。アタシはといえば、ぬかるみで泥だらけのままつま先で乱暴に押され、男の子たちはアタシをどうするかと言いあっていた。こいつは売れないだろう、という話になって、道端の溝に風で飛ばされていた一週間前の「インディアン・タイムス」のスポーツ面をわしづかみにすると、すぐそばのごみの山に捨てようと、腐った肉のようにアタシを包んだ。

新聞紙で丸められて窒息死しそうだった。息も絶えだえで、しかも飢えと疲れですっかり弱り切っていた。アタシのなかの生命の炎が揺らめき消えゆこうとしているのを感じていた。この絶望的な状況のなかで、死は避けられないように思えた。

ダライ・ラマはまず付き人を差し向けた。アメリカから降り立ったばかりで付き人はたまたま一ドル札を二枚、服に挟んでいた。そして、この二ドルを男の子に渡すと、彼らはこのドルをルピーに換金すればどれくらいになるかと興奮して、大慌てで逃げだしていった。

スポーツ面の死の罠から解放されて（新聞の見出しは、バンガロール、ラジャスタンに九勝！）、アタシはダライ・ラマの後部座席でゆったりとくつろぎ、さらにミルクにもありつくことができた。流しの牛乳屋から買って、口に一滴一滴ミルクを含ませてくれたのだ。さらにこの弱りきってぐにゃっとした子ネコが元気になるように、と法王様が祈ってもくださった。

どうやって助けられたかなんて、まったく覚えてないけど、何度も何度も微に入り細に入りこの救済劇を聞かされてきたので、すっかり暗記してしまったくらいだ。アタシが唯一覚えているのは、こんなに温かい雰囲気の聖域で目が覚めたことなんて、あの忌まわしい朝以来、生まれて初めてだった、ということ。なにもかも大丈夫！　と感じた。この安心感がどこからくるのか、とあたりを見回してみると、なんと目の前にはダライ・ラマが！

ダライ・ラマの存在を感じたこの瞬間のことを、どう言葉にしたらいいのだろうか？

この「すべてよし」という理屈を超えてやってくる温かな思い、というか感覚は、あとで気がついたけど、まるで自分の本性が限りない愛と慈悲だと初めて知ったときのような感覚だ。ずっと自分のなかにあった愛や慈悲なのに、ダライ・ラマがご覧になったことによって、映しだされるようなもの。ダライ・ラマは人のなかの〝仏性《ぶっしょう》〟をご覧になる。そのとき、特別な啓示を受けて感動のあまり泣きだしてしまう人たちもいる。

アタシの場合は、別の感動があった。ダライ・ラマのオフィスの椅子でえび茶色のフリースに包まれていると、気がついたことがあった。ネコ好きの飼い主のもとにいるってことに。そうでなければ、ネコにとっての幸せはないわ。

このことを強く感じれば感じるほど、コーヒーテーブルをはさんだ向こう側の雰囲気が、どうもあまり歓迎ムードではなさそうなのに気がついていた。ダラムサラに戻った法王様は、留守中の空白を埋めるかのように来客で忙しく、その客のなかには、以前からインタビューの約束を取りつけていた英国の歴史学者がいた。彼の名前までは知らないけれど、アイビーリーグで有名な二つの大学の、そのどちらかから来た教授だ。教授は、インド・チベット史の大著を閉じながらダライ・ラマの注意をさほど引くことができなかったことにちょっとがっかりした様子だった。

教授との間のスペースをなぜネコが占拠しているのかを、法王様が簡潔に説明すると、「捨てネコなのですか？」と教授は聞いた。

「そうです」とダライ・ラマは教授の口調など気にすることもなく、はっきりと答えた。そして、穏やかな表情で歴史学者を見ると、アタシがすっかりなじんでしまったあの温かみのあるよく響く朗々としたバリトンでこう言った。

「教授、この小さな捨てネコとあなたには共通するとても大事なものがひとつあるんです」

「わかりませんね」と教授は冷ややかに答えた。

「いのちはあなたにとって世界でいちばん大切なもの、子ネコにとっても同じなんです」

学識ある教授にしてみれば、こんなビックリするような考え方を示されたのは初めてだったのだろう。教授はしばらく無言だった。

「まさか人間のいのちと動物のいのちが、同じ価値だと言ってらっしゃるのではないですよね」と教授は思いきって口を開いた。

「もちろん、人間には動物よりも大きな可能性というものがある」とダライ・ラマは答えた。

「しかし、生存の欲求、生への執着があることには変わりない。この点で、人間も動物も平等なのです」

「ええ、高等な哺乳類においては、そう言えるかもしれませんが……」と教授はこの厄介な問題に頭を悩ませながら続けた。「すべての動物じゃないですよね、たとえばですが、ゴキブリとかは違うでしょう」

「いえ、ゴキブリも、です。意識のある生きものはどんなものでも同じなのです」と法王様はきっぱりと言った。

「そうおっしゃいますが、ゴキブリは不潔です。病気を運んできますから、殺虫剤をまかなくてはなりません」

ダライ・ラマは立ち上がり、書斎の机の上から大きめのマッチ箱を手に取り「これはゴキブリを運ぶための箱なのですが」と掲げてみせた。「殺虫剤よりはよほどましですよ。あなただって巨大な毒ガススプレーで追いかけまわされたくないでしょ」と、トレードマークのいたずらっぽい笑いを浮かべた。

教授は、自明の理でありながらも考えてもみなかったようなことを言われて、黙っていた。

「意識のある生きものにとって」と言いかけてダライ・ラマは席に戻り「いのちはとても貴重なものです。どんな生きものも心から大切にしなくてはならない。それから、もう一つ、どんな生きものにも共通した願いが二つある。幸せになりたい、苦しみは避けたい、という願いです」

ダライ・ラマがこのことについていろいろな説明の仕方で何度も繰りかえし語るのをアタシは聞いている。それなのに、毎回まるで初めて聞くかのような生きいきとした話しぶりなのだ。

「みなこうした願いを持っているのです。何が幸せで何が苦しみか、も同じなのです。美味しいものは嫌いだ、という人はいますか？　安全な場所で安らかになど眠りたくない、という人はいますか？　みんな、美味しいものが食べたいし、安全な場所で眠りたい、という願いを持っています。物書きであっても、僧侶であっても、捨てネコであってももちろん、この点ではなんら変わらないのです」

ティー・テーブルの向こう側で歴史学の教授は脚を組み替えた。

「なによりも」と、ダライ・ラマは前のめりになって人差し指でアタシを撫でながらこう言った。「私たちはみな、愛されたいのです」

教授はインド・チベット歴史学に関してダライ・ラマの見解をテープに録音していたが、その日の午後、予定よりも遅めに帰るときになると、考えるべきことはテープに入れた内容よりもさらに膨れ上がっていた。ダライ・ラマのメッセージは教授には難題だった。自分の心と向きあうことになる課題ですらあった。あっさりと忘れてしまえるような内容でもなかった。そして、アタシはもうすぐ思い知らされるようなことが自分の身に起きようとは、知る由《よし》もなかった。


その後、何日かして、新しい環境にもすっかり慣れてきた。寝床は法王様が古いウールの僧服で整えてくれ、暖かく快適だった。朝日が昇り、やがて夕日が落ちるまで部屋には陽が射し、光の変化とともに穏やかに日々が過ぎていった。すっかり丈夫になって固形物が食べられるようになるまで、法王様とオフィスの助手二人が温かいミルクを飲ませてくれた。

新しい場所の探検も始めた。まずダライ・ラマの居室となっている棟から出て、助手二人が働いているオフィスへと向かった。ドアのそばの席には若いお坊さんのチョギャル。丸々と太っていて、手も柔らかく、いつもにこにこしていた。主に僧院関係のことでダライ・ラマの右腕として働いていた。チョギャルの向かい側に座っているのがテンジン。チョギャルより背が高く、兄貴分だ。いつもピシッとスーツを着こなし、きれい好きで、外交と文化大使として僧院以外の事柄を担当していた。

オフィスの建物のなかに初めて入って、部屋の隅のあたりでよろけていたら、突然に会話がやんで、「この子はどうしたんだ?」とテンジンが声をあげた。

チョギャルは、いたずらっぽく笑いながらアタシを抱きあげ机にのせた。BICペンの青いキャップが目に入った。前足でチョンと突いて遊んでいると「デリーから出ようとするときにダライ・ラマに助けられたんだよ」とチョギャルはことの顚末を説明しはじめた。キャップが机の上を転がった。

「どういうわけでこの子はちゃんと歩けないんだ?」テンジンが聞いた。

「見た感じだと、背骨をやられているようだ」

「そうかな」とテンジンは疑わしそうに言うと顔を近づけてよく見ようとした。「いちばん末っ子でお乳にありつけなかったのかもしれないな。ところで、名前は?」

「まだないんだよ」とチョギャルは答え、アタシが前足で動かしているキャップを何度かはじきかえして遊んでみせ、「名前をつけることにしよう」と叫んだ。すごいことに挑むような調子だった。「戒名（仏教では、僧籍に入ると新たなアイデンティティとしての戒名を授かる）だよ、どう思う？　チベット語か、英語か？」

チョギャルがあれやこれやと名前を口に出して考えていると、テンジンはこう言った。「無理やり今つけなくても、もう少しこの子のことを知ってからにすれば、ふさわしい名前が自然にみつかるよ」

　あとになって考えてみれば、テンジンの言ったことは一理あった。予言的ですらあった。この先に起きた致命的な事件のせいでひどい名前がつけられたのだ。ペンのキャップを追いかけて、チョギャルの机からテンジンの机へととび乗ったときに、兄貴分のほうが危うげなアタシをつかまえて床の敷物の上に降ろして言った。

「ここにいようね。机には、ダライ・ラマ猊下からローマ法王に宛てた手紙が置いてあるのだよ。手紙がネコの足跡サインだらけになったら困るし、ね」

　チョギャルは笑った。「ダライ・ラマ法王のネコによる代筆サインか！」

「ＨＨＣ、法王のネコ」とテンジンはオウム返しに言った。公式の手紙ではＨＨＤＬ（His Holiness Dalai Lama の略）はダライ・ラマ法王のことを示している。「ピッタリの名前が見つかるまでは、とりあえず法王様のネコ、で行こう」とテンジンは提案した。

　執行部のこのオフィスの下は回廊になっていて、まわりにはいくつもの事務所があり、建物のドアはいつも締められていた。この二人がいるオフィス内での話から、各方面へとつながっていることがうかがいしれた。階下、外、寺、さらには、海外へもつながっている。このドアから、ダライ・ラマの客は出入りする。ドアは、新しい世界に向かっての出口でもあった。とはいえ、ここに来たばかりの頃のアタシはまだ小さな子ネコだったので、ドアの内側にいるだけで、十分に満足していた。

この地球に生まれたばかりの日々を裏通りで過ごしたので、人間の生活というものも、この新しい環境がどんなに特殊なものか、ということも知らないままだった。法王様が毎朝午前三時に起床し、それから五時間瞑想行をするとき、アタシは法王様についていき、おそばで丸くなって温かみとエネルギーを浴びている。

訪問客が法王様に面談するときは、いつもカタと呼ばれる白いスカーフを捧げる。そうすると今度は法王様がそれを返して祝福をくださる。客とあいさつを交わすときは人間同士はみなこうするものなのだろう、と思った。法王様を訪ねてくる客たちは、かなり遠いところから旅してきているということにも気がついていた、それが普通なのだと思っていた。

ところがある日、チョギャルがアタシを腕に抱き上げて首を撫で、「訪問客たちはいったいどういう人たちだろう、と思っているのかい?」とアタシの視線の先にある、オフィスの壁にかかっている訪問客の額縁写真を見せながら聞いた。何枚かの写真を指差しながら、「この人たちは八人の歴代アメリカ大統領だよ、ダライ・ラマに会いにいらしたのだ。わかっていると思うが、ダライ・ラマというお方はね、特別なお方なんだよ」

特別な方だというのは、もちろんわかっていたわよ。というのも、あの方はいつもミルクがちょうどよい温かさか、熱すぎないか、アタシに飲ませる前に確かめてくれていたから。

「あのお方は、世界の精神的指導者のお一人なんだよ」とテンジンは続けた。「私たちはあの方が生きているブッダだと信じている。きっとお前はあの方ととても近しいカルマ（過去からの行為の結果としての回避できない関係性）の縁があるんだろうね。そこんとこが解明できれば実に興味深いんだが」

それから数日後に回廊を抜けていくと、こじんまりとした台所へ出た。休憩所もあった。そこでは、ダライ・ラマのスタッフがリラックスしてランチを食べたり、お茶を飲んだりしていた。数名のお坊さんがソファに座って、ダライ・ラマの最近のアメリカ訪問の様子を録画ニュースで見ていた。今では、ここの人たちはみなアタシのことを知るようになっていた。実際、アタシはオフィスのマスコットになっていた。座っていたお坊さんの膝にとび乗ると、アタシがＴＶを見ている間、ずっと撫でていてくれた。

冒頭では、その映像は大群衆と中央の小さな赤い点しか見えなかった。そこにダライ・ラマの声が朗々と響くのが聞こえた。ニュースの場面が変わって、中央の赤い点はとてつもなく広いスポーツ施設にいる法王様だと気がついた。このシーンは、ニューヨークでも、サンフランシスコでも、訪問地のどこでも放映され、集まる群衆の多さからいえば、ダライ・ラマはもはやロックスター以上に有名、とニュースキャスターはコメントしていた。

どれほどダライ・ラマが特別な方で、どんなに尊敬を集めているかをだんだん知るにつけ、チョギャルが「とても近しいカルマの縁」と言ったので、自分も特別ではないかしら、とあるときから思うようになった。結局のところ、わかっているのは、ニューデリーのごみ溜めのような道端で、ダライ・ラマに救われた運命にあった、ということ。もしかすると、アタシのなかに同類の臭いがしたのかしら？　魂の波長が同じような生きものだと思われたのかしら？

法王様が訪ねてくる客に慈愛の心の大切さを説くとき、耳をそばだてながら、「これって、アタシが思っていたことと同じじよ、前から知っていたことだわ」と自然にゴロゴロ喉がなるのだった。夕食時に法王様がネコごはんの「スナッピートム」の缶を開けたとき、自分ばかりじゃなくほかの生きものも、みな基本的欲求を満たしたいのだ、ということがアタシにもハッキリとわかった。ご飯を食べたあと、膨らんだお腹を撫でられていると、誰もが愛を求めている、ということがスーッと染みこむようにわかる。そう、法王様の言うことは正しい。

ところで、ちょっとした話題が持ちあがっていた。ダライ・ラマがオーストラリアとニュージーランドに旅に出て、三週間留守になるという話だった。ほかにも旅の予定は入っているので、その間、アタシをどうするか、ここに置くか、あるいはどこか新しい家にやるか、ということが論議されていた。

え、新しい家？　そんなのありえない！　アタシはすでにダライ・ラマのネコ。やってきた当初からここに欠かせない存在となっているのよ。ダライ・ラマ以外の誰かといっしょに暮らすなんて考えられない。それに、一日の流れにもすっかりなじんでいるので、いまさら変えられないわ。ダライ・ラマが訪問客と話しているそばで、窓の敷居に乗って日向ぼっこしているときも、ダライ・ラマやスタッフの人が皿によそってくれた美味しいものを食べているときも、テンジンと昼時のコンサートに耳を澄ましているときも、そのどれもがアタシにとっては宝物で、こういう日常を熱愛しているの。

ダライ・ラマの外交大使はチベット人だけど、オックスフォード大学を卒業していて、二十代初めにイギリスで学んだおかげですべてにおいてヨーロッパ志向の趣味なの。毎日、昼休みには、よほどの用事がないかぎり仕事机から離れて、愛妻弁当を持って廊下に出ると、保健室に入っていく。病人用に使われることはほとんどなかったけれど、備品として一人用のベッドや薬の戸棚、アームチェアがあり、それにポータブル音響システムが置いてある。これはテンジンのものだった。ある日、好奇心でテンジンのあとについて部屋に入ってみると、彼がアームチェアに背もたれて、音響システムのリモートコントロールボタンを押していた。突然、部屋には音楽が鳴り響いた。彼は目を閉じたまま、頭を椅子の背もたれに当てて、かすかな微笑を浮かべていた。

「バッハのプレリュード・ハ長調だよ、ダライ・ラマのネコ様」と短いピアノ曲が途切れたところで教えてくれた。まさか、アタシが部屋にいることを知っているとは思わなかった。「見事だろ！　そう思わないか？　最高に好きな曲さ。このシンプルさ、そう、単一のメロディにハーモニーはなし、それでいて、心の奥深くが揺さぶられる！」

これがテンジンから受けた音楽と西洋文化についての初めての講義で、翌日からほぼ日課となった。彼は、歌劇アリアや弦楽四重奏への情熱をわかちあえる相手として、アタシを心から歓迎してくれているようだった。ときには、変わったところでは歴史的出来事を再現しているラジオドラマをいっしょに聞くこともあった。

彼がお弁当を平らげてしまう間、アタシは急患用のベッドで丸くなっていた。二人きりなので、好きにさせてくれた。気ままなものだった。こうして、アタシの音楽と西洋音楽に対する素養は、一時間のお昼休みごとに深まっていった。

するとある日、予想外のことが起きた。法王様は寺院にお出かけで、ドアが開きっぱなしだった。もうその頃になると、アタシは冒険好きな子ネコに成長していた。四六時中ぬくぬくとしたなかで過保護にされているのでは満足できなくなっていた。何か面白いことはないかな、と廊下をうろうろしていると、少し開いたままになっている問題のそのドアに出くわしたのだ。ここを通り抜けて、この向こう側に広がっている知らない世界を探検しなくてはならないんだわ、絶対に！

階下へ。外へ。海の向こうまで。

どういうわけか、足元がふらついて階段を二段跳びで駆け下りているうちに勢いがつきすぎて、そのままみっともなく滑り落ちてドスンと尻もちをついてしまった。カーペットが敷いてあってホントによかった。なんとか起き上がって、玄関を急いで抜けて、外に出た。

ニューデリーの裏町で拾われてから、外の世界に出たのは初めてのこと。外ではあちこちに大勢の人々が行きかい、エネルギーにあふれていた。外に出てすぐ、キャーキャーという声が聞こえ、歩道をどたどた走る大勢の足音がした。こともあろうに、修学旅行に来た日本人の女子学生がアタシを見つけて追いかけはじめたのだ。

アタシはあわてふためいた。よろめく後ろ足を前へ前へと引きずりながら金切り声の一団から逃げようと必死だったが、明らかに追いつかれているようで、革靴が歩道を打つ音は地響きとなって耳をつんざくようだった。これ以上逃げきるのは無理！

そのとき、ベランダを支えているレンガ造りの柱に狭い隙間を見つけた。そこから建物に潜りこむことができた。窮屈なうえに、焦りもあった。この隙間がどこにつながっているのかなんて、皆目見当もつかなかった。それでも身を絞りだすようにして隙間を抜けると、今までの修羅場はあっけなく終わったものの、そこは地面と床板の間に挟まれたただだっ広いスペースで、身を低くして這って歩くのがやっと。暗くて、ほこりっぽく、頭上からは往来の足音なのか、ドンドンという鈍い音が、終始聞こえていた。どうにか、安全ではあったけれど女子学生がいなくなってしまうまで、どれだけここにいなくはいけないのかとちょっぴり不安だった。顔にかかった蜘蛛の巣を払い落としながら、しばらくじっとしていることに決めた。

目と耳がまわりに慣れてくると、ひっかくような音が聞こえてきた。とびとびだったけど、しつこくてイライラした。立ち止まって息をしようとすると、鼻がヒリヒリした。歯ぎしりのような音が鳴り響いたかと思うと、刺激臭が鼻をかすめて、ヒゲまでちくちくしだした。身体があまりにすばやく反応したので、アタシがこんなに敏感だなんて今まで知らなかったことに気がついた。

　これまでネズミという存在は未知なるものだったが、見たとたんに、これは獲物だぞとすぐに認識した。ネズミは積まれたレンガに前足をかけて、頭は半分木の梁に突っこみ、大きな前歯で梁をえぐっていた。

　アタシはこっそりと近づいた。上の階の足音で気づかれなかったようだ。本能が刺激された。前足のひとはらいで、このげっ歯類の小動物はあっけなくバランスを失って床に落ち、気絶してしまった。アタシはかがみこむと首に歯を立てた。ネズミの身体はグニャリと持ちあがった。次に取るべき行動はわかっていた。獲物をくわえ、レンガの柱の隙間まで戻った。外を警戒しながら日本人の女子学生たちがいないことを確認すると、歩道をすばやく戻り建物に入った。玄関を猛ダッシュで突っ切り、階段を駆け上がり、ドアのところに来ると、ドアはぴったり閉まっていた。

　さて、どうする？　待つしかないのかしら、としばらくそこに座っていると、ダライ・ラマのスタッフの一人がやってきた。アタシのくわえていた戦利品にはまったく気づかず、中に入れてもらえた。それから廊下を突っ切り、角を曲がった。

　ダライ・ラマはまだ寺院にいたので、アタシは助手のオフィスに行き、ネズミを床に置き、必死で「ミャオー」と鳴いて帰ってきた合図をした。何事か、と振り向いたチョギャルとテンジンはびっくりしていた。なんせ、足元のカーペットにはぐったりとしたネズミが、そして自慢げに二人を見上げているネコがいたのだから。

　まったく期待外れだった。二人は、お互い厳しい表情で目を見交わすと、とっさに椅子から立ち上がり、チョギャルはアタシをつまみあげ、テンジンはピクリともしなくなっているネズミのそばに膝をついてかがみこみ、様子を見ていた。

「まだ、息があるな。気を失っているだけかもしれない」と言い、チョギャルは、「プリンターの空き箱に入れよう」とカートリッジを取りだして空になったばかりの箱を取りにいった。

　使用済みの封筒を箒《ほうき》の要領で使って空の箱の中にネズミを入れ、じっと見ながら「どうしたもんかなあ」とつぶやくのだった。

「ありゃ、こいつったら、口ひげに蜘蛛の巣をつけているよ」とチョギャルはアタシのほうに顔を傾けて言った。

　こいつですって、それってどうなのよ！　ダライ・ラマのネコに言うことかしら？

　ちょうどそのとき、ダライ・ラマのお抱え運転手がオフィスに入ってきた。テンジンは、ネズミを入れた箱を渡しながら、しばらく様子を見て、回復するようだったら近くの森に放してやるようにと指示していた。

「法王様のネコは、外に出たのでしょう」運転手はアタシのブルーの瞳と視線を合わせて言った。

チョギャルは、まだアタシを抱いていたが、いつものような愛情はかけらもなく、まるで野獣を押さえつけているかのようだった。そして、「法王様のネコという名がふさわしいとはもう思えないね」と言った。

テンジンも同意見だった。「臨時でつけた名前だから」と言うと、自分の仕事に戻っていった。「しかし、法王様のネズミ捕りネコ、というのもどうかと思うし」といかにも冷たく言うのだった。

チョギャルは私を床におろした。

すると運転手は「新しい名前は、シンプルに『ネズミとりのネコ』、だけにしたらどうですか？」と提案した。チベット語の訛りがきつくて、「ネズミちゃん」と聞こえた。

いまや三人の男たちはアタシを睨みつけるような目で見ていた。会話はどんどん危険な方向に流れていき、かつてないほどの後悔の念がアタシを襲うのだった。

「ネズミちゃん、だけじゃ訳がわからないじゃないか？」とチョギャル。「なんとかネズミちゃん、とか、ネズミのようななんとか、にしなくては」と付け足した。

「チュウモンスターってどうだい？」とテンジンがのってきた。

「チュウキラーはどうかな？」とチョギャルも続けた。

沈黙があった。

そこへ運転手が割って入った。

「ミャオタクトウ（チベット大虐殺を指揮した中国の最高指導者、毛沢東のもじり）さん、と呼ぶのはどうでしょうか？」

三人ともアタシの小さくてふわふわした身体を上から見下ろして爆笑した。

テンジンは、わざと深刻ぶってアタシをまっすぐに見た。「慈悲はなによりもすばらしいが、だからといって法王様がいっしょにおられるのがミャオタクトウさんで、いいものだろうか？」

「それに、オーストラリアに旅しておられる間の三週間、ミャオタクトウさんが留守番をしてるというのはどうなんだい？」チョギャルがつくづくとアタシを見ながら言ったので、三人はまた笑い転げた。

アタシは、立ち上がると耳をうしろにピッタリ寝かせ、しっぽをピシピシと打ち鳴らしながら部屋からプイと出ていった。

ダライ・ラマの窓辺で穏やかな光のなかに座っていると、一時間、二時間と時がたつにつれ、自分がどんなにひどいことをしたかに気がつきはじめた。大人になるまで、アタシはダライ・ラマが「自分のいのちが大切なように、すべての生きものにとってもいのちは大切なのです」と教えられるのを聞いてきたはずだ。それなのに、たった一回外に出たときにひとつのいのちに注意を払っただろうか？

生きとし生けるものは幸せを求め、苦しみを避けたいと願っているという真理――ネズミを追っているときそのような考えはまったく頭に上らなかった。ただ本能に従ってしまった。ただの一瞬たりとも、ネズミの立場に立って考えることがなかった。

その考えがシンプルだからといって、必ずしもそのとおりに実行できるとは限らない、ということがわかってきた。崇高に聞こえる原理に喉を鳴らして賛同していても、それを実践していなければ何の意味もない。法王様はアタシの新しい名前を聞いているだろうか？　アタシの若いころの最大の愚行を思いださせる苦い薬となるだろう、あの名前。ダライ・ラマがアタシのしたことを耳にしたら、ひどく憤慨してこの美しい安らぎの地から、永遠にアタシを追放するだろうか？

幸運なことにネズミは回復して、アタシは本当に救われた。法王様は帰ってからは、次々と訪問客や会議で忙しくしていた。

法王様が例の問題に触れたのは、帰ってきたその夜のことだった。「何があったか、スタッフが教えてくれてね」とベッドで読みかけの本を閉じて、メガネを脇のテーブルに置き、そばでうとうとしていたアタシに手を伸ばしてつぶやいた。「私たちはね、本能やネガティブな状況に負けてしまうことがある。あとで、しでかしてしまったことを後悔するんだよね。でも、そこで自分をダメな奴、と思うことはないんだ。ブッダたちは、私たちのことを見捨ててはいない。私たちは、失敗から学べばいい、そして行動を変えていくのだよ。そういうことだ」

法王様はベッドサイドの明かりを消した。闇のなかで、アタシたち二人は眠りについた。ありがたい気持ちがこみあげてきて、アタシの喉はグルグルと鳴っていた。

翌朝、法王様は毎朝届く袋一杯の手紙の中から助手が選んでおいた何通かに目を通していた。イギリスの教授から届いた手紙と本を取りだすと、チョギャルに向かって「これはいいね！」と言った。

「はい、法王様」とチョギャルは本の目次をめくりながら答えた。

「本のことではないのだよ、手紙のほうだ」と法王様は言った。

「と申されますと？」

「こう書いてある。先日の会話の内容をよく考えてみた結果、バラの花につくカタツムリ退治に毒入りの餌を使うのをやめて、今は、庭の塀にカタツムリを逃がしているそうだ」

「それはよかった！」とチョギャルは笑顔を見せた。

ダライ・ラマはアタシを見つめて、こう言った。「いい相手と対談ができて楽しかったね？」

そう言われても、そのときはなんてものわからない人なんだろう、と思っていた。けれど、昨日の自分の行為を振りかえってみれば、人のことを批判なんてできない。

「みんな変わることができる、その可能性がある、ということだね。そうじゃないか、ネズミ捕りちゃん？」

第二章
幸せになるための最上の方法とは？――囚われ

一日の大半を気持ちよくうとうとと居眠りして過ごすのがアタシたちネコの特性。とはいえ、そばにいる人間にはあれこれ動いてほしいものなの。やたらうるさかったりウザッたいのはごめんだけど、少なくともアタシたちが起きている間は何かしら楽しませてくれるような活動をしてほしいと思うもの。そのためにアタシたちネコにはお気に入りの見物席がある。眺めのよさそうな窓の敷居やポーチ、門柱、戸棚の上などにね。

親愛なる読書のみなさま、あなた方がアタシたちネコの気晴らしだってことはご存知ですよね？

このジョカンは生活スペースもあればオフィスもある複合型のお寺でしょ。だからここに住んでいることは性《しょう》にあっているの。いつもどこかで何かが起きていて、楽しませてもらってるわ。

毎朝、明け方の五時前になると建物はナムギャル寺の僧侶たちが朝の勤行のために、本堂へと向かうサンダルの足音で活気づく。もうこの時間になると法王様とアタシは二時間の瞑想を終えている。外が騒がしくなってくると、起き上がって前足をゆったりとエレガントに伸ばし、ついでに気分次第ではカーペットをひっかいて肩慣らしをして、それからいつもの窓の敷居の自分の定位置に向かうの。そこから、お寺での朝のお祈りがいつもどおり始まるのを眺めるのが日課。お寺の生活は毎日が同じように繰りかえされる。

地平線からの太陽が寺の広場を黄金色に染め上げる頃、寺や僧坊にランプが灯され一日が始まる。夏であれば、東の空が白む頃になると、開け放たれた窓から、早朝の風にたなびくお香の紫の煙が明け方の声明（仏教の経文を独特の美しい節回しで朗誦すること）の響きとともに風に乗って入ってくる。

午前九時、お坊さんたちが寺から出てくる頃には、ダライ・ラマもアタシも朝食をすませていて、ダライ・ラマはもう机に向かっている。オフィスの人たちと朝の打ち合わせが始まり、下の寺ではお坊さんたちは規則正しい日課に戻る。読経や、法話の聴講や、寺の庭で手を打ち鳴らして行う仏教哲学の問答、瞑想などが日課に組みこまれている。こうした勤行は、途中に二回の食事をはさむほかは休みなく、夜の十時まで続く。

このあと、若いお坊さんたちは部屋に戻り、夜中までかかって経典を暗記することになる。先輩のお坊さんたちは、もっと頑張るのが普通で、勉学と問答に真夜中過ぎまで精を出す。夜中になって休める時間は、ほんの二、三時間しかない。

法王様の居間の中央には訪問客が途切れることがない。著名な政治家やセレブ、慈善家、それに、一般には知られていなくても魅力的で興味をそそる人々もやってくる。たとえば、ネチュン・オラクル（ネチュン寺の神降ろしを司る僧）のような、ね。このお方は、法王様の相談役でもある。ネチュン・オラクルは霊的な世界と物質的世界をつなぐ存在であり、チベット政府のオラクルとしての役割を担っている。中国との関係が困難を極めるだろう、と一九四七年にはいちはやく警告を出していた。そして今も、重要な決断については、入念に準備された宗教的な儀式で、トランス状態に入り予言やアドバイスをすることがある。

このように刺激的かつ快適な環境でアタシがネコ的にはありえないくらいに幸せだろう、と読者のみなさんは思うかもしれないけど、アタシたちが冥途に行くときに気がかりなのはもっともデリケートに幸せ度と関連する毛づくろいの状態なのよ。残念ながら読者のみなさん、法王様と暮らすこの数か月、その意味では幸せとはいえないの。

つい最近まで四人きょうだいのいちばん末っ子で早くからきょうだいとも生き別れになってしまったことが寂しさの根底にあるということに気づかなかったからかもしれない。あるいは、毛皮とひげに恵まれたほかの生きものと接する機会がなかったからかも。どのような理由だとしても、アタシはとても寂しく感じ、アタシが幸せになるには、もう一匹のネコがいなきゃダメなんだ、とまで思いつめた。

そりゃあ、あのダライ・ラマですもの、このことも察していた。車に乗せられた瞬間から、ありったけの優しさと慈悲で世話をしてくれて、その後も元気が回復するまでの数週間、絶えず健康に注意してとても大事に育ててくれた方ですもの。

それでだと思うけど、例のネズミ事件が起きてまだ間もない頃に、とくにあてもなく一人ぼっちで外をぶらぶらしていたら、ダライ・ラマはお寺に帰る途中でアタシを見つけて、いっしょにいたチョギャルに向かって「もしかすると、小さなスノーライオン（雪豹）はいっしょに来たいのではないだろうか？」と言った。

スノーライオン⁉　素晴らしい名前。チョギャルが僧衣の腕に抱きあげてくれたとき、あまりの嬉しさに喉を鳴らした。スノーライオンはチベットでは天界の動物で、何物にも左右されない幸福を象徴している。美しく、活力と歓びにあふれた動物なのよ。

「今日は大切な日になるよ」と法王様はアタシを連れて下の階へと降りていった。

「まず、お寺での試験の様子を見学して、それが終わるころにはミセス・トリンチが今日の訪問客のランチの準備にきてくれるからね。お前は、トリンチさんが好きだったよね？」

好きなんて言葉じゃ表しきれないわ、大、大、大好き。ハッキリ言って、あのチキンレバー角切りはたまらない。アタシのためにミセス・トリンチが特別に作ってくれるあの一皿は格別なの。

お客様がお偉い方で、ケータリングが必要となると、ミセス・トリンチが呼ばれる。二十年以上も前のこと、ヴァチカン派遣団のために宴会が計画された折、ダライ・ラマオフィスの一人が近くにイタリア人の未亡人が住んでいることを発見した。ミセス・トリンチの料理の才能は、これまでのケータリングの味をいとも簡単にしのぎ、すぐにダライ・ラマお気に入りのシェフに収まった。

エレガントな五十代の女性が、華やかなドレスにゴージャスなアクセサリーを身に着けて、裾を翻《ひるがえ》しながら勢いよくジョカンに入ってくる。彼女が厨房に姿を現した瞬間から、その場が生きいきと活気づき、全員を仕事のエネルギーの渦の中に巻きこむのだ。彼女が来てまもないころ、たまたま通りがかったギュメ密教寺院（亡命後、南インドに再建された学問と修業の伝統を守る寺）の座主が厨房に入ってきた。彼女はすぐさまその大僧正をつかまえて首からエプロンをかけさせ、ニンジンを切るように仕向けたのだ。

ミセス・トリンチは、格式ばった儀礼は知らなかったし、まわりの目も気にしていなかった。精神修行の上達と八人用の宴会を準備することとは何の関連もなかった。彼女のイタリア歌劇を地で行くような気性は大部分のお坊さんたちの穏やかな謙虚さとは正反対だった。それほど、彼女の陽気さ、激しさ、情熱は突出していたので、彼女がいるだけで気が晴れるのだった。

それにみんな彼女の優しさが好きだった。ダライ・ラマのための食事を用意する際には、スタッフのためにもストーブの上には具だくさんのスープをちゃんと残し、冷蔵庫の中には、リンゴの包み焼きやチョコレート菓子、ほかにもうっとりするような砂糖菓子を入れておくように気を遣ってくれていた。

彼女がアタシをはじめて見たとき、「いまだかつてないほど美しい動物」と宣言したわ。その日からというもの、厨房に入れば必ずアタシのために特別に用意したジューシーなお肉の一片を山のような買い物袋の中から取りだして食べさせてくれた。カウンターの上にアタシをのせるなり皿に盛られたチキンポトフやターキーのキャセロール、フィレ肉をぺちゃぺちゃとがっついて食べているアタシを間近に見て、マスカラをつけた琥珀色の目は恍惚となるのだった。チョギャルがアタシを抱えて広場を横切って寺に向かったとき、アタシはこれと同じような楽しみが待っている、と予想したの。

今までお寺に入ったことはなかったけど、初めて入るときは、ダライ・ラマの側近として入るのがベストだと思っていた。お寺の中はきらびやかな光に満ちていて、天井は高く、壁には絹の刺繍が施された神々のタンカ（仏画の掛け軸）が掛けられ、さらに五色の仏法の旗が滝状に垂れていた。大きな仏像がいくつもあり、その前には鈍く光る真鍮のボウルが並べられ、食べ物やお線香、花、香りを象徴する捧げものが供物として捧げられていた。何百人もの僧侶たちが座布に座って試験が始まるのを待ち、おしゃべりのざわめきはダライ・ラマが到着しても続いていた。通常は寺の正面入り口から入り、畏敬の念とともに静まりかえったなかを玉座に着く。しかし、今日は、試験を受ける僧侶たちの邪魔にならないよう、うしろから目立たないように静かに入った。

毎年、新米の僧侶たちは、合格者数に制限があるゲシェの学位をとるために競いあう。ゲシェとは、チベット仏教における最高の資格で、博士号のようなもの。ゲシェになるにはなんと十二年もかかる。主な経典を完璧に暗記して、仏教哲学におけるそれぞれの見解の微細な違いについて分析し論議する能力、そしていうまでもなく何時間もの瞑想行が要求される。十二年間のコースのなかでは、厳密な学習スケジュールに従って、ほぼ毎日二十時間は学問と修行に費やすことになる。このようにゲシェになるには厳しい要求が課せられるにもかかわらず、毎回定員以上の僧侶が応募してくるのだった。

今日は、四人の新米の僧侶が試験を受けることになっていた。伝統に従って、ナムギャル寺から公正な方法で選ばれた審査委員会の威厳ある面々を前に、試験官の質問に答えるという公開形式で試験が始まった。若いお坊さんたちにとって、試験の成り行きを見学することは、将来、仲間の前で自分たちが試験を受けるときの予行演習のようなものだ。

お寺の後方、ダライ・ラマの隣にいるチョギャルの膝のうえに座ってブータン人の兄弟とチベット人男子とフランス人の学生が、カルマについて、また空性《くうしょう》といったテーマについて聴衆の前で順番に答えるのを聞いていた。ブータン人の兄弟は二人とも空で正確に答え、チベット男子も指定されていた経典からそのまま引用して答えたのだが、フランス人の学生は答えたあと、考え方を学んだだけではなく理解もしたということを論証してみせた。ダライ・ラマはこの様子をご覧になりながら終始微笑んでいた。

次に、問答が始まった。何人もの先輩のお坊さんたちがちょっとひねった論議で生徒たちを打ち負かしていったが、そのつど、受験生の反応は先ほどと似ていた。ブータン人とチベット人はテキストどおりに答えたが、フランス人は彼独自の見解を挑発的な口調で繰り広げ、厳粛なはずのお寺が急に近代的知性の愉しみの雰囲気に包まれた。

最後に、経典を唱える試験となり、ヒマラヤ地帯の生徒たちはよどみなく暗唱した。題材は「般若心経」仏教ではもっとも短いお経としてよく知られている。フランス人は力強い声ではっきりと唱えはじめた。ところが、どうしたわけか半分を超えたあたりで口ごもってしまった。あれ、と思うような長い沈黙があった。つぶやくような声で先ほどよりも自信なさげにまたやり直し、結局まちがったまま終わる結果となった。フランス人は試験官のほうを向き、申し訳なさそうに肩をすくめてみせた。試験官は彼に席に戻るように身振りで示した。

しばらくしてから、試験官から合否の発表があった。ゲシェへの門が開かれたのはブータン人とチベット人の若いお坊さんたち。フランス人だけが不合格だった。

発表があったときにダライ・ラマが悲しんでいるのをアタシは感じていた。試験官の人たちの下した判定は妥当ではあったけど……。

「西洋では暗記する学習法にあまり重きは置かれていません」

チョギャルはダライ・ラマにささやいた。法王はそのとおりと、うなずいた。法王はチョギャルにアタシの面倒を見ているように頼むと、すっかりしょげてるフランス人の若者を寺の奥の個室に連れてゆき、試験の間中その場に居たことを明かした。

その日、二人の間にどのような会話があったかは誰にもわからないのだが、数分後にフランス人の彼が戻ってきたとき、ダライ・ラマに注目されたことで、慰められたと同時に圧倒されたたというような様子だった。アタシはだんだんにダライ・ラマには特別な能力があることに気づくようになった。それは、その人が自分を最大限に活かして、自分をも多くの他者をも幸せにすることができるように助け導く能力だ。

「私は仏教の将来について人々がときに落胆しながら語っているのを聞くことがある」とダライ・ラマは試験のあと、ご自分の部屋に向かいながらチョギャルに話した。

「みなさんにこの試験の様子を見学に来てもらいたい。そして、私たちが今日会場で見聞したことを実際に体験してもらいたいと思うのだ。大変に優秀でしっかりと仏教に向きあっているこんなにも多くの若い僧侶たちがいる。できることなら、この者たち全員のためにゲシェへの道が開かれることを願う」

お寺から戻ってくると、台所の指揮官として忙しく立ち働いているミセス・トリンチのもとへとまっしぐらに飛んでいった。その日の朝は、ダライ・ラマがいっしょにお寺に連れていってくれたので一人で寂しい思いをしなくてすんだ。そして、今は、ミセス・トリンチが相手をしてくれる。エメラルド・グリーンのドレスにゴールドのイヤリングとお揃いのブレスレットというい出立ちの彼女。腕を動かすたびにブレスレットがジャラジャラと鳴る。しっとりと長い黒髪がスノーライオンの訪問で、ほんのりと赤みを帯びたようだった。

ミセス・トリンチの日常は、ジョカンに暮らしている人々とは違って穏やかな繰りかえしではない。今日もだ。その危機は午前二時に起きた停電から始まった。彼女は目が覚めた頃にはメレンゲのパリパリとした土台が焼けているようにオーブンの温度を低めに設定して眠りについたのだ。ところが、彼女が起きたとき、そこで見たのは生焼けの救いようのないシロモノだった。しかも、法王様の大事なお客様が到着するまで残された時間は七時間もなかった。ジョカンには、どうしても昼の一時には焼き上がりを届ける必要があった。オーブンの温度を一気に上げるという危険を犯してでも、大慌てでメレンゲの土台を作りなおすことが先決だった。

「別のデザートにしたほうが簡単ではないでしょうか？」テンジンが事情を察しておそるおそる提案した。「なにか簡単にできるもの、たとえば……」

「パヴロヴァ（オーストラリアおよびニュージーランドの伝統菓子）じゃなきゃダメ、お客様はオーストラリア人なのよ！」ミセス・トリンチはステンレス製のヘラをガチャンとシンクに投げ入れた。彼女はゲストのお国料理の要素をメニューに組み入れるのが常で、今日ももちろん例外ではない。「メランザネ・パルミナ（イタリアの伝統的なグラタン風ナス料理）はどうかなですって？　オーストラリア人のお客さまに、ですか？」テンジンは一歩引きさがった。「それか、野菜のラグー（煮こみ）ですって？」

「ちょっと提案しただけです……」

「わかったわ、提案はけっこう！　しっ、黙って！　ああだこうだ言ってる暇なんかないのよ！」

法王様の上級秘書は勝ち目がないとみたのか休戦した。

こうした大騒ぎにもかかわらず、ミセス・トリンチの料理はいつもながら極上の味となる。パヴロヴァのその味は今までの騒ぎのカケラも感じさせないものだった。メレンゲの土台の出来は完璧で、その上に盛られたメレンゲも申し分なく、光沢のある果物とホイップクリームで豊かに彩られていた。

すばらしいことに、ミセス・トリンチはこの世でもっとも美しい生きもののことも忘れてはいなかった。ビーフ・キャセロールの残りを気前よく差しだしてくれたので、すっかり満腹になってしまい、カウンターから床にとび降りることもできず、ミャーと鳴いて降ろしてもらう始末だった。

　ミセス・トリンチのごちそうのついた指をペロペロと何度もなめて感謝の意を表してから、ダライ・ラマとゲストがお茶を飲みながらくつろいでいる客間のほうへ、アタシは満腹のお腹を揺らしてヨタヨタと歩いていった。その日の昼食会のお客様は尼僧のロビナ・コーティンさんだった。彼女は主宰する「囚人解放プロジェクト」を通じて受刑者たちが社会復帰できるために長年ボランティア活動を続けてきた。アタシが部屋に入っていったときには、アメリカでの受刑者たちの状況が話題に上っていて、アタシはそのままお気に入りのウールの敷物の上で、いつものように食後のグルーミングをはじめた。

「状況は刑務所によって大きく異なります」尼僧はそう続けた。「ある施設では、受刑者を終日独房に閉じこめているのです。光も差しこまない地下の檻のような場所です。話をするときは鉄の扉のこちら側に座って、扉の丸い穴から向こう側の受刑者と話すしかありません。このような環境では、社会復帰の望みもたたれてしまいがちです。ほかにもいろいろな施設がありますます。受刑者が変わるためのトレーニングや動機づけに積極的に取り組んでいるところもあります。刑務所という雰囲気は仕方ないのですが、独房の扉は昼の間はほぼ開いていて、スポーツやレクリエーションもできて、テレビやパソコンも使えて、図書室もあります」

　彼女はなにかを思いだしたかのように微笑み、さらにこう続けた。

「フロリダで終身刑の人たちに瞑想を指導していたときのことです。彼らとは何度も会っていたのですが、そのなかの一人が私にこう聞いたのです。尼僧院では、毎日どんな生活なんですか、とね」

彼女はちょっと肩をすくめてみせました。「まず、朝は五時に起きて一回目の瞑想をします。五時というのがその彼には早すぎたんでしょうね。刑務所での点呼はもっとゆっくりで朝の七時なんです。私は、こう説明しました。尼僧の一日は朝起きてから夜の十時に解放されるまで、学んで自習することと、自給自足用の野菜や果物を育てるために庭で働くことに重きを置いてきっちりと時間割が決められているのだ、と」彼女はしかめっ面をした。「彼は私の話が気に入らなかったようでした」

聞いてる人たちは笑っていた。

「私は言ったんです。テレビや新聞もなければ、お酒もパソコンもない、って。刑務所にいるみなさんのように、買いたいもののためにお金を稼ぐこともできない。それにもちろん、配偶者が面談に来てくれることもありません、って」

ダライ・ラマはクスクス笑っていた。

「とてもすごいことを彼は私に言ったの。自分が何を言ってるかわからないままにね。我慢できないくらい大変だったら、いつでもここにきていっしょに居ていいんだからね、って」

部屋にいたみんなは爆笑した。

「彼は私のことを気の毒がってくれたんですね」ロビナは目を輝かせて言った。「刑務所よりも修道院のほうがよほど状況が悪いように感じたのですね」

法王様は座った姿勢で前かがみになって考えごとをするように顎を撫でながら「面白いですね！　今朝のことですが、尼さんたちがお寺に入る許可書の取りあいをするところを見たばかりです。尼僧は大勢いるのに受け入れる場所が十分ではない。一方、刑務所に目を向ければ、誰も入りたがらない、環境は僧院よりもずっといいのに。このことは、幸不幸は状況によって左右されるのではなく、その状況をどう見るかによるということが証明されていると言えるでしょう」

みんな、うなずきあっていた。

「どんな境遇にあっても、幸せで意味のある人生を生きることができるのだ、と私たちは心から思っているでしょうか？」

「まさに、そこのところなんです！」とロビナが言った。

法王様はうなずいて「大部分の人は、今の境遇さえ変えれば幸せになれると思っています。しかし、境遇が不幸の原因になっているのではありません。置かれている境遇をどう見るか、によるのです」

ロビナがこう続けた。「私たちは生徒たちに刑務所を僧院だと思うようにしなさい、と言っています。刑務所のなかにいる時間を人生の無駄だと思うのではなく、自分の成長にとって欠かせない素晴らしい機会だと捉えればいい、と。なかにはこの考えを実践している人たちもいます。彼らの成長ぶりは目をみはるばかりです。人生の本当の意味と目的を見つけることができ、出てきたときにはまるで別人です」

「素晴らしい」ダライ・ラマは微笑みながら答えた。「誰もがこのメッセージを聞くことができたなら素晴らしい——とくに、自分で自分を牢獄に閉じこめている人たちに聞かせてあげたいですね」

ここでダライ・ラマはアタシのほうに視線を向けた。なぜかしら？ アタシは一瞬たりとも自分が囚人だなんて思ったこともなかった。スノーライオンよ、そうよ、世界でいちばん美しい生きものですもの。囚人なんてありえない。もちろん、困ってることはあったけれど。つまり、いちばんの問題は独身のネコだってこと。でも、囚人はないでしょ！ まさか、このアタシが？

法王様が言った意味がわかったのはそのあとすぐのことだった。訪問客が帰ったあと、ダライ・ラマはミセス・トリンチに会って料理のお礼を言おうとしていた。

「素晴らしかったですよ」と法王様。「とりわけ、あなたの作るデザートは素晴らしい。ロビナ尼もぞっこんでしたよ。準備が大変ではなかったですか？」

「いいえ、とんでもない！」

ダライ・ラマといっしょにいるミセス・トリンチはまるで人が変わってしまったようだった。テンジン好みのワグナーのオペラのなかのブルンヒルデ（「ニーベルングの指輪」に登場する美しい女王）司令塔のようにふるまって台所を支配下に置いていた姿は跡形もなく、はにかんだ女学生のような姿にとって代わっていた。

「ストレスになってなければいいんですが」ダライ・ラマは温かなまなざしで一瞬彼女を見た。「とても印象的な昼食会でしたよ。幸せや満足について話が出たんです。それは、境遇によるものではないのです。トリンチさんは独身でおられるけれど、とても幸せそうにお見受けします」

「もう結婚はこりごりですわ」ミセス・トリンチは、きっぱりと言い切った。「そういう意味でおっしゃったのでしたら」

「とすると、独身でいることが不幸の原因ではないということですね？」

「そのとおりです！　私はこれでいいの。とても満足してます」

法王様はうなずいていた。

「私も同じように感じています」

このとき、ダライ・ラマが自分で自分を囚人にしてしまうと話していたことの意味がわかったの。物理的な境遇の話だけではなく、自分たちを不幸にしてしまう自分自身の考え方や信念について言っていたんだわ。アタシのことに当てはめてみれば、幸せになるには連れあいがいなくては、という思いこみのこと。

ミセス・トリンチはドアに向かい、部屋を出ようとしたが、ドアに手をかけながら、躊躇した。「法王様、質問させていただいてもいいでしょうか？」

「もちろんです」

「もうこちらに来て料理をするようになって二十五年にもなりますがその間、私を改宗させようとなさったことがありませんね。それはなぜでしょうか？」

「なんておかしなことを！」と、ダライ・ラマは大笑いした。安心させるように彼女の手を取り、こう言った。「仏教の目的は人々を改宗させることではないのです。もっと幸せになるための道具を提供しているのです。それによって、より幸せなカトリック教徒、より幸せな無神論者、より幸せな仏教徒となることができるのです。さまざまな実践法があると思います。あなたはそのうちのひとつに習熟していますね」

ミセス・トリンチは眉を吊り上げた。

「ちょっと粋なパラドックスですね」法王は続けた。「幸せになるための最上の方法は他者を幸せにしてあげることです」


その夜、窓の敷居のいつもの場所に座ってお寺の中庭を眺めていた。アタシは心に決めていた。ちょっと実験をしてみよう、と。今度別のネコに憧れるようなことがあったら、一人でも幸せでいる例として法王様やミセス・トリンチを思いだしてみよう、と。自分自身のことではなく他人の気持ちになって考えるようにするために、喉をゴロゴロ鳴らすような小さなことでも、ほかの生きものを幸せにすることを意図的に始めようと思ったの。ダライ・ラマの言われた「素晴らしいパラドックス」によって自分も幸せになれるのかどうか探求してみようと思ったわけ。

このことを決めただけでも、どういうわけか心が軽くなった。重荷をおろして、気楽になったの。ストレスを感じていたのは境遇のせいではなくて、その境遇の捉え方だった。ほかのネコといっしょにならなくては幸せになれないという不幸を生みだす考え方を捨てて、囚われから自由になればいいんだわ。

ちょうどこのことを黙考していると、何かがアタシの目の中に飛びこんできた。中庭の反対側にある花壇の岩のそばで何か動いたものがある。暗闇がすでに迫っていたけれど、その岩は近くの市場に一晩中点いている緑の照明に照らされていた。しばし、じっと目を凝らした。

やっぱり！　思ったとおり！　目はくぎ付けになったまま、シルエットを描きだしてみた。大きくて堂々としていた。ジャングルから現れた野生の動物のよう。ギラギラとした黒目に、見事にバランスのとれたシマ柄。すばらしいトラネコだった。

流れるような優美さでそのネコは岩にとび乗った。その動きは、迷いがなく魅惑的だった。岩の上からトラネコはジョカンを見渡していた。王様が広い王国の町並みを見渡すかのような風情だわ、と思う間もなく、アタシのいる窓のほうを振り向いて、じっとこちらを見たのだ。

アタシはその視線を引きつけたままにしようとした。

アタシの存在がかのネコに伝わったのかどうかはわからない。彼がアタシを見ていたのは確かだと思うけど、どう思っていたのだろう？　誰にもわからない。そのネコは何の答えも残さなかった。

ネコが岩の上にいたのはほんの一瞬で、すぐに藪の中に消えてしまった。姿を見せたときと同じくらいミステリアスに姿を消したのだ。

夜も更け、僧侶たちはそれぞれの部屋に戻ったようだ。ナムギャル寺の四角い窓などに明かりが灯った。

夜に希望が息づいているかのようだった。

第三章
カフェ・フランクでリンポチェと呼ばれて——マインドフルネス

世間に出れば有名になるものだろうか？

こんな質問は考えたこともなかったけど、ダラムサラの端のマクロード・ガンジ（ダラムサラの中心街。みやげもの店やレストランで賑わう）に何か月か通っているうちにその答えが見つかった。ダライ・ラマの住居やお寺にすっかりなじみ、ジョカンから丘を降りて下界に慣れてくるにしたがって、外に冒険に出かけることにも大胆になり、回数も増えていった。

寺の門を出たところには、果物や生鮮食品、お菓子などを地元の人たちに売る店が並んでいた。ツーリスト向けの店もあった。いちばん大きくてきらびやかで目立っていたのは「S・

J・パテルの高品質で安いインターナショナル・ツアー」だった。主人はダラムサラ周辺のローカルなツアーからネパールの旅まで、ありとあらゆるモノやサービスを提供していた。客は地図、傘、携帯電話、バッテリー、ペットボトルの水も買うことができた。朝早くから夜遅くまで、ほかの店が閉まっても、パテルさんはツーリスト相手の商売に余念がない。かと思えばオーバーな身振りで携帯で話したり、ときには、店のそばにとめてある一九七二年型メルセデス・ベンツの自慢のリクライニングシートで居眠りをしたりしていた。

パテルさんにしてもほかの店のオーナーにしても、ネコにはとくに興味がないようなので、アタシはもっと面白そうなところまで行ってみることにした。小さな店が立ち並んでいる一角まで来ると、鼻がヒクヒクした。とある店の入り口からなんともいえない美味しそうな匂いがふわっと漂ってきて、アタシは思わず引き寄せられた。

店に向かう歩道には花壇とテラス用のテーブルがある。日よけパラソルは、赤と黄の陽気な色で目を引き、しかもチベットの吉祥紋がデザインされているという凝ったものだ。それがカフェ・フランクの建物入口まで並んでいて、中のレストランからはパンを焼く匂いやひきたてのコーヒーの香りに交じってフィッシュ・パイやパテ、よだれの出そうなモルネーソースの匂いもいっしょになって鼻先を刺激し、もう我慢できないくらい食欲をかきたてた。

レストランの反対側の花壇から何気に観察していると、外のテーブルは観光客が波のように引いたと思うとすぐまた埋まってしまう。毎日のように、熱心なハイカーたちがノートパソコンやスマートフォンを覗きこむように取り囲んで旅のプランを練ったり、写真を見せあったり、旅でどんなにスゴい出会いがあったかをみんなに話している。スピリチュアルな人々はインドの旅で神秘的な体験との遭遇を求めているし、ダラムサラにまでやってきたセレブたちは、ダライ・ラマと記念撮影を期待しているというわけ。

　アタシはこの店に四六時中いる男に気がついた。そいつは、このマクロード・ガンジのガタガタ道にはおよそ不似合いな真新しくてピカピカの真っ赤なフィアット・プントを朝も早くから店の外にとめていた。勢いよく運転席のドアから飛びだした彼のハゲ頭はツルツルに光っていて、服は黒ずくめ、いかにもスタイリッシュにピシっと着こなし、その連れはフレンチブルドッグだった！　男は連れとともにまるで舞台にでも上るようにカフェに入っていった。また別のときにカフェを覗いてみると、男は出たり入ったりしながら、ときには大声でウェイターにオーダーを注文したり、ときには、新聞を読む間にも黒光りするスマートフォンを手に電話番号を打ちこんでいた。

　なぜすぐにそれが誰であるかわからなかったのか、ネコとは敵対関係にある犬がどういう性癖があるか、カフェ・フランクに近づくことがどれだけばかげた冒険なのか、そういうことが不思議なことにすぐにわからなかった。はやい話、アタシは世間に疎《うと》かったの。その頃、アタシはまだまだ子供だった。

　不吉な午後だった。その日、カフェ・フランクのシェフは特別に魅力的なランチを準備していて、ローストチキンの焼き立ての香ばしい匂いが寺の門にまで漂ってきていた。それは抵抗できない呪文のようにアタシを絡めとった。猛スピードで丘を駆け下りて、よろよろしながらも気がつくと入り口の紅いゼラニウムの花壇のそばに来ていた。

ミセス・トリンチの場合と同じで、ただそこにいるだけで大盛りのランチにありつけるだろうと楽観的希望のもとに何の作戦も立てず四人掛けのテーブルへと向かった。バックパッカーらしき四人はチーズバーガーを頬張るのに必死でアタシには気づく気配もなかったわ。

行動で示すことが必要なんだ、アタシはそう思いなおしたの。

奥のほうのテーブルでは、地中海系人種とおぼしき初老の男性がブラックコーヒーを飲みながらアタシをちらっと見たけど、それっきり無関心だった。

そこで、レストランのずいぶん奥のほうまで入っていって、どのテーブルで食事にありつけるかしら、と思ったとたん、すごい唸り声がした。例のフレンチ・ブルドッグよ！　アタシを威嚇して睨んでいた。あと一歩でも近ければ噛みつかれていたところよ。もう、どうしていいかわからなかった。踏ん張って、怒りをあらわにし、シャーッと唸って追いはらおうとした。あらん限りの侮蔑を示して高飛車に出たので、奴は一歩も近づいてくる勇気はなかったわよ。

でも所詮はアタシは幼いおバカさんだったの。その場を立ち去ったのがまちがいだった。それが野獣を刺激することになってしまった。木の床を蹴って駆けだすけたたましい音がしたかと思うと、こちらに向かってダッシュしてくる。アタシが全力疾走であわてて逃げだそうとすると、奴は大きくジャンプし、突然いまわしい唸り声をあげて襲いかかってきた。状況がわからないまま部屋の隅に追い詰められてもうパニック！　心臓はこれ以上ないというほど高鳴り、爆発するんじゃないかと思った。目の前には時代遅れな新聞ラックが置いてあり、そのうしろに少しスペースがあった。ひどく不快な硫黄のような息が鼻を突いた。獣はすぐそばに迫っていたのだ。ほかにどうすることもできず、ラックを飛び越え向こう側にドスンと落ちた。

すんでのところで鼻先の獲物をふいに奪われて犬は狂暴になった。目と鼻の先にいながら、近づくことができず、すさまじくヒステリックに吠えたてた。そのとき、人の声がした。

「でかいネズミ野郎だ！」誰かが叫んだ。

「あそこだ！」ともう一人が喚いた。

数秒後に、黒い影がアタシの上を覆ってだんだんにクーロス（イヴサンローランのブランド名）シェービング・ローションの匂いがきつくなってきた。

そして、そのすぐあと、いまだかつて経験したことのない不思議な感覚がやってきた。首のまわりが詰まるような感覚で、もちあがっていく感じ。首をつかまれたまま、禿げたやかん頭と悪意のある栗色の目を見て、それがフランクだとわかった。こいつのカフェにアタシは不法侵入し、こいつの飼っているフレンチ・ブルドッグを激怒させた。はっきりわかったことは、結局、連中はまったく愛猫家ではない、ということだ。

時が止まったままだった。観察するには十分な時間があった。目の前にはフランクの怒り心頭の顔。眼は吊り上がり、こめかみには青筋がたち、すぼまった口に骨ばった顎、左耳にはチベット文字の「ॐ《オーム》（普遍性を持つ聖なる音）」をかたどった金のイヤリング。

「たかがネコ！」フランクは吐き捨てるように言った。それこそ公然の侮蔑そのものだった。飼い犬を見下ろしながら米国訛りで腹立たしげに言った。「マルセル！　なんで……こんなやつを中に入れたんだ？」

　マルセルは怯えてこそこそ逃げた。

フランクはレストランの正面まで大股で歩いていった。あきらかにアタシを追いだそうとしていた。急に恐ろしい考えが浮かんだ。ほとんどのネコは高いところからとび降りてもケガひとつしない。でも、アタシは別。後ろ足はすっかり弱っているし、しっかり立つこともできない。これ以上の衝撃があれば取りかえしのつかないことになるかもしれない。二度と歩けなくなったらどうしよう？　ジョカンへも帰れなくなったらどうすればいいの？

　地中海系の男はコーヒーを飲みながら無表情に座ったままだった。バックパッカーの連中は皿に顔を伏せるようにしてフレンチフライにかぶりついていた。誰ひとりアタシを助けにくる様子はなかった。

　フランクは外の道に向かって歩きながら、怒りをおさえきれない様子だった。彼はアタシを高く持ち上げた。腕をうしろに回しアタシを道に投げようとしていた。ただ投げるのではなく、まるで理性を失ってミサイルを発射させるかのように構えた。

このとき、ジョカンへ戻る途中のお坊さん二人がこの場を通りがかった。アタシを見つけると胸の前で手を合わせ、軽くお辞儀をした。

フランクは、誰がうしろにいるのか、と振り向いた。聖者とおぼしきラマらしき人がいないので、不思議そうに二人のお坊さんを見た。

お坊さんの一人が説明した。

「それはダライ・ラマのネコですよ」

もう片方のお坊さんがつけくわえた。「とてもよいカルマなんです」

あとから続いてやって来たお坊さんたちも、ネコに礼拝した。

「本当ですか？」とフランクは疑わしげだった。

「ダライ・ラマのネコですよ」お坊さんたちは声を合わせた。

フランクの豹変ぶりといったらなかった。瞬時にして、何から何まで変わった。アタシを胸に引き寄せて一方の腕で抱きとめ、今の今まで投げ捨てようと宙に浮いていたその手で優しく撫ではじめた。そのままカフェ・フランクの中に戻り、英字新聞や雑誌類が置かれていることで店にコスモポリタンな雰囲気を醸しだしているコーナーまで来た。雑誌用の棚には「ロンドン・タイムス」と「ウォールストリート・ジャーナル」が表紙を見せて並んでいたが、アタシが置かれたのはその間のスペース。まるで、中国の明時代の高価な陶磁器のような扱いだった。

「温かいミルクを」とフランクはそばを通るウエイターに注文を入れ、「それから今日の鶏料理もね、チキンチョップも頼むよ」と追加した。

そこへマルセルが駆け寄ってきて歯をむきだしにして近づいてくると、ご主人は「お前がこのかわいい子を睨むようなことがあれば」と人差し指を立て「今夜のメシはインドのドッグフードだぞ！」と警告した。

チキンは注文どおりにちゃんと運ばれて、とてもいい匂いがして、最後の一口まで期待どおりに美味しかった。新たに付加された「ダライ・ラマのネコ」というステータスによって自信を取り戻し再充電を果たし、棚のいちばん下の段からいちばん上まで駆けのぼり、「ヴァニティフェア」と「ヴォーグ」の間にちょうどいい隙間を見つけた。ジョカンのスノーライオンにはふさわしい場所で、レストランを眺めわたす楽しみが倍増したのはいうまでもない。

カフェ・フランクはまちがいなく、ヒマラヤン・ハイブリッド――都会的なセンスの粋と仏教の神秘が溶けあう場所だ。グラビア誌が並ぶ本棚、エスプレッソマシン、エレガントなテーブルセッティングとともに、仏像や、タンカと呼ばれるチベット仏画のお軸、儀式に使う法具の数々がまるで寺の中のように飾られていた。ずらりと写真が並んでいる壁もあり、そこにはフランクの白黒写真が金縁の額に収められて飾られていた。ダライ・ラマに白いスカーフを捧げているフランク、カルマパ（カギュ派最高位の化身ラマ。西洋でも人気が高い）から祝福を受けているフランク、リチャード・ギアと並ぶフランク、ブータンのタイガーネスト僧院（絶景の寺として有名なチベット仏教僧院）の門に立つフランク、といった写真だ。

チベット仏教好きの客はスピーカーから流れる「オム・マニ・パメ・フン（観音菩薩の真言）」のチベット声明音楽に眠気を誘われながら写真を眺めていることもできる。

アタシは新しく見つけた城に落ち着くと、好奇心いっぱいに行ったり来たりした。アメリカ人の女の子二人がアタシに気づいて甘やかすようにかまっていると、フランクがそばに来て、「ダライ・ラマのネコなんだよ」とつぶやいた。

「うっそっー！」と二人は叫んだ。

「いつも来ているのさ」と彼は困っているかのように肩をすくめて見せた。

「うっそっー！」と、彼女たちはまた叫んだ。「なんていう名前なの？」

一瞬、言葉につまった彼はすぐさま気を取りなおして「リンポチェだよ」と伝えた。「尊い、という意味だよ。普通はね、ラマの尊称としてのみ使われる特別な呼び方なんだ」

「すごーい！　この子といっしょに写真、とらせてもらってもいいかしら？」

「フラッシュはダメ」彼はきっぱり言った。「リンポチェのことは邪魔しちゃいけないんだ」

同じような様子が一日中繰りかえされた。客たちが支払う際には、領収書を渡しながらフランクったら顎でアタシのほうを指して「ダライ・ラマのネコなんです」「うちのローストチキンがお気に入りでね」と言ってみたりするのだ。また別のときには「ダライ・ラマ法王に代わってあの子を世話してるんです。どうです、神々しいでしょ？」と言っていたりする。

「これには、いわく因縁がありましてね」とフランクはもったいをつけ「リンポチェという名前は、尊いという意味で……」と説明をはじめるのだった。


家では、アタシはダライ・ラマ法王のネコとしてダライ・ラマの愛とスタッフたちの心のこもった世話を受けて暮らしている。でも、ネコはネコ。ところが、何を隠そう、カフェ・フランクではアタシはセレブなの！　家では、お昼にネコ用ビスケットをもらっている。子ネコの成長のために欠かせないバランスのとれた完全栄養食、とメーカーがうたっているアレだ。カフェ・フランクでは毎日のように牛肉のブルゴーニュ風、鳥の赤ワイン煮、子羊のプロバンス風など、ご馳走には事欠かない。フランクはアタシ専用の席としていつのまにかロータス・クッション（ロータスは蓮のこと。蓮の花柄のクッションを仏尊が座る蓮の花の台座に見立てている）を用意していて、そこに座ると、ご馳走があたりまえに鼻の先に出されるのだった。しばらくするとジョカンであてがわれるビスケットには見向きもしなくなり、悪天候じゃないかぎりカフェ・フランクに出かけていくようになった。

食事のことは別としても、アタシのなかではカフェ・フランクはほかにないくらい素晴らしい娯楽の殿堂となっていった。オーガニックコーヒーを焙煎する香りはマクロード・ガンジにやってくるあらゆる年代、気質、職業の西洋の観光客をひきつける魔力を発揮していた。店ではさまざまな言語が入り乱れ、服装もびっくりするほど多様だった。これまでの短い子ネコ時代をサフラン色と紅色の衣をまとった口調も穏やかなお坊さんたちの間で暮らしていたので、カフェ・フランクに出かけていくのはまるで動物園にでも行くような気分だった。

それでもじきに気がついたことがある。二つの場所の表面的な違いは別としても、観光客たちはそもそも似ているのだ。とりわけ、興味をひかれる点があった。

キッチンにミセス・トリンチがいないようなときには、寺での食事の準備はいつもシンプルなものだった。そんなときの食事は、ご飯か麺に野菜と魚のつけあわせか、たまに肉がつくくらいのもの。ダライ・ラマの住居でも、隣の寺の台所でも同じだった。ただ量の違いだけ。寺では巨大な飯釜や野菜スープ用の鍋を新米の小僧が身の丈ほどもある杓でかき回している。料理の中身は質素でも、食事時というのは人生の楽しみなのだ。お坊さんたちは、ひと口ひと口を味わいながら、いい感じの静けさのなかで、ゆっくりと食事をとる。スパイスの香りやお米の舌触りなどの特別な観察法もあるのだろう。食べているときの表情からすると、何かを発見しながら旅をしているようだ。今日の食事にはどんな感覚的なよろこびが待ちうけていたのだろうか？　微細なニュアンスの違いを今日も発見したのだろうか？

カフェ・フランクから道沿いにぶらぶら行くと、すぐ近くにまた違った世界があった。本棚のいちばん上から眺めたところ、台所の扉にはめられたガラスを通して直接見ることができた。夜明け前から、ネパール人兄弟のジグメとナワン・ダクパが額に汗してパンを焼いていた。クロワッサン、ショコラパン、いろいろな種類のお菓子、酸味がある伝統的なパン種のサワーダフも、フランス、イタリア、トルコのパンもあった。

カフェの扉が朝の七時に開くと同時にダクパ兄弟は焼きたてのパンを抱えて走ってきた。朝食メニューは卵なら目玉焼き、ポーチドエッグ、スクランブルエッグ、ボイルドエッグ、ベネディクト風、フィレンツェ風のオムレツと何でもあるし、ハッシュ・ブラウン・ポテト、ベーコン、スパイス入りソーセージ、マッシュルーム、トマト、フレンチトースト、もちろんミューズリの軽食、シリアル、フルーツジュースは言うまでもなく、ポットのお茶やバリスタの淹《い》れたコーヒーも給仕される。

十一時になると、朝食からランチへと切れ目なく続いてゆき、メニューも一新されぐっと豊富になる。さらにディナーともなれば、さらに手の込んだ料理が供される。

アタシはこんなに豊富な食材が地球上のあらゆる場所から集められて、手の込んだ料理になるのを見たことがない。お寺の台所に置かれた瓶のスパイスは、カフェ・フランクの台所にある何種類ものスパイス、ソース、調味料、香料の格納庫から比べれば不十分に思えた。

丘の上のお坊さんたちがふだんの食べ物にこのような愉しみを見つけているとするなら、カフェ・フランクの美味しさが詰まった台所は背中がゾクゾクして、爪をギュッと内側に巻きこんで、ヒゲがヒクヒク震えるような強烈なエクスタシーをもたらしてくれると想像できるでしよ?

ところが、そうじゃなかったの。

食べ物を口いっぱいに頬張って食べていながら、カフェのほとんどの客は自分の食べているものや飲んでいるものに、気を向けていないの。高いお金を払って手の込んだ料理が用意されてきたのに、実質的には食べ物は無視して、会話に忙しかったり、友だちや親戚にショートメッセージを送ったり、フランクが毎朝郵便局に寄って集めてくる外国の新聞を読んでたりする。

アタシはこれには困惑した。それはまるで食事の作法を知らないも同然じゃない。

店に来る観光客たちは、ホテルに泊まっている。部屋にはコーヒー、紅茶が飲める備品が揃っているはず。ただ単にお茶を飲みたいだけなら、なぜホテルに帰ってタダで飲まないの?なぜ、お茶を「味わって飲まない」のに三ドルもカフェ・フランクに払うのかしら?

この謎を解いてくれたのは法王様の二人の秘書だった。二人は部屋でアタシが最初にカフェ・フランクに行った朝のことを話していた。チョギャルが本に手を伸ばしたときに彼のほうを見た。「マインドフルネスのこの定義がいいね」と彼はテンジンに言った。毎週のように法王に前書きをお願いするためにたくさんの本が送られてくるが、そのなかの一冊を手に取って、読みはじめた。「マインドフルネスとは、今この瞬間に判断を加えずに落ち着いて注意を払うことである」

「明瞭でいいじゃないか？」とチョギャルが読みおえて言うと、テンジンはうなずいた。

「過去や未来の考えや、幻想にはまらないでいるということだね」とチョギャルは付け足した。

テンジンは「ソギャル・リンポチェ（英語に堪能で欧米人に人気が高いラマ）のもっとシンプルな定義が好きだな」と椅子に座りなおして言った。「あるがままに気づいている」

「フム」とチョギャルはつぶやいた。「心にこれっぽっちの乱れや作為がない、ということだね」

「まさに」とテンジンは強調した。「すべての喜びの基盤だ」


次にカフェ・フランクを訪ねると、スコットランド産スモークサーモンがたっぷりの濃いクリーム添えで用意されていた。それはもう心躍る思いで食らいついたわ。多少がさつだったかもしれないとしても、マインドフルネスのなかで夢中で平らげたお食事だと言っても過言ではないわ。食べおわると、最新のファッション雑誌の真ん中に置かれたロータス・クッションの上で休んで、店のお客様方をずっと観察していた。

観察を続けていると、だんだんわかってきたことがあったの。それは、ここに欠けているのはマインドフルネスだってこと。みんな、ダライ・ラマの宮殿から数百メートルも離れていないカフェ・フランクというチベット仏教のテーマパークにいながら、このユニークな場所と時を経験するわけではなく、むしろ心は遠く遠くかけ離れたところに行ってしまっている。

　ジョカンとカフェ・フランクとを頻繁に行き来するにつれ、見えてきたことがある。丘の上では、幸福とはマインドフルネスを育て、同時に寛大さや平静さ、優しさなど内的な心の質を開発することで得られるもので、丘の下では、外的なものから得られるものとされていた。たとえば、レストランのご馳走、刺激的な休日、テクノロジーの進化などなど。でも、両方とも手に入れてもいいじゃん、とネコ的には思う。アタシたちネコは、美味しいものをマインドフルネスとともに存分に味わうのがこの世の最高の幸せだと思っているの。


　ある日、ちょっと面白いカップルがカフェ・フランクに現れた。パッと見には、中年のアメリカ人でジーンズにスウェットを羽織って、ごく普通の感じだった。彼らが到着したのはちょうど朝の忙しさが一段落した頃だった。フランクは真新しいアルマーニのジーンズといういで立ちでスタイリッシュに注文を取りにいった。

「いらっしゃいませ、何にいたしましょうか？」いつものように接客した。フランクがコーヒーの注文を伝票に書きつけていると、男の客がフランクの手首に巻かれた紐について聞いた。

フランクはいつもと同じ説明をはじめた。「これは祝福の紐で、ラマ（チベット仏教の師）から特別な灌《かん》頂《じょう》（仏と縁を結ぶ密教の儀式）を授かるときにもらえるものなんです。赤い紐は二〇〇八年にカーラチャクラ（時輪タントラと呼ばれる高度な密教。現ダライ・ラマは、世界平和のための法要として世界各地で開催している）の灌頂の際にダライ・ラマ法王から頂いたもの、青いほうは、ボールダー、サンフランシスコ、ニューヨークでそれぞれ二〇〇六、二〇〇八、二〇一〇年に密教の灌頂を受けたときのもの、黄色いのはメルボルン、スコットランド、それにゴアで加持の儀式に参列したときのものです」

「興味深いですね」と男の客。

「ダルマ（仏法）は私の人生ですから」と、フランクは芝居じみた仕草で胸に手をあてた。

「私どものかわいい友人にお会いになりましたか？　ダライ・ラマのネコです。いつもここにいるんですよ。ダライ・ラマとは深い縁がありましてね」そして、身をかがめて近づくと、日に何回となく言ってることだが、さも秘密めいたことのようにこう打ち明けた。「私たちはチベット仏教の心臓部に今いるんです。まさに、その中心に！」

　二人がフランクをどう思ったのかはわからないけど、ほかの客たちとはどこか違っていた。コーヒーが運ばれてくると、話すのをやめてコーヒーを味わっていたのだ。最初の一口だけではなく、二度目に口をつけるときも、三口目も、そのあとも。ジョカンのお坊さんのように、今この瞬間に落ち着いて注意を向けていた。コーヒーを味わい、場を楽しんでいた。あるがままの今を体験していたのだ。

この様子を見ていたので、彼らがまた話を始めたとき、特別な興味で聞き耳を立てた。話の内容はアタシを驚かせるものではなかった。

男の人はアメリカ人でマインドフルネスについて研究しているらしい。妻にハーバード大学報に載った記事について話をしていた。その調査会は、二千人以上の調査委員を立ててスマートフォンを使い、一週間の間に無作為に質問を送ったという。質問はいつもこの三つ。何をしていますか？　何を考えていますか？　幸せ度は？　その結果、四十七%の割合で、今やっていることに集中していない、ということがわかったという。

聞いていた妻は眉を吊り上げた。

「個人的には、その数字はちょっと低すぎると思うが」と彼は言った。「人々は二回に一回は今やっていることに集中していない、ということだ。しかしここでいちばん興味を引くのは、幸福との関連だよ。やっていることに対して心を向けて集中しているときのほうがそうじゃないときよりよほど幸せ感が高い、ということだ」

「それって、楽しいことだと集中しやすいからかしら？」と妻が聞いた。

男は首を横に振った。「つまり、何をやっているかで幸せ度が決まるのではなくて、やっていることに対して、集中しているかどうかで決まることなんだ。大切なのは、直接その境地に入っている、今ここ、というところにいるかどうかなんだね。物語の境地ではなくてね」と言うと、人差し指をこめかみのあたりでクルクル回し、「実際に今やっていること以外のことを考えているのを物語の境地と言ってみたんだが」

「それって、仏教が常に伝えていることね」と妻も賛同した。

彼女の夫はうなずいた。「たまにこういう考え方が翻訳されることで誤解されることがあるんだ。このあたりでは仏教をバッジのようにつけてる輩に会うことがあるがね。そういう連中にとっては、バッジはエゴの延長にしかすぎない。自分たちは特別なんだ、とね。彼らは外側に関する手段と思っているんだな。実際は、内側の心の変容に関することなんだ」


それから数週間後、棚のいちばん上で食後の昼寝から目を覚ますと、目の前に迫っていたのはまさかここで会うとは思ってもいなかったおなじみの顔だった。そこにいたのはテンジンだった。カフェ・フランクの真ん中に立って、アタシをじっと見ていた。

「素晴らしい訪問客にお気づきになったのですね？」フランクがアタシをちらっと見た。

「ええ、かわいいですね」テーラードスーツをピシッと着こなし大使としての職務を背負ってきたテンジンだったが、とぼけて答えた。

「ダライ・ラマのネコなんです」

「本当ですか？」

「いつもここに来ているんですよ」

「驚きました！」テンジンがアタシの喉を撫でようと手を近づけたとき、指にしみついたカーボンの臭いがいつもなら気にならないのに、このときは毒薬かと思えた。

「この子はね、法王様と非常に深いご縁がありましてね」とフランクは相手が法王の右腕とも知らずにそう告げた。

「そのようですね」とテンジンはもの思いに沈むような目をしたかと思うと、フランクの頭に一度だって上ったことがないようなことを聞いた。

「この子がここに来ると法王様にお仕えのみなさんは寂しくないでしょうか？」

「そうだと思います」フランクはすんなりと認めた。「でも、ここにいると知ったら、よく世話してもらっているのがわかって安心するでしょう」

「これは素敵なクッションですね」

「居心地がいいだけのクッションじゃないんですよ。ランチを食べる定位置でもあるんです」

「この子、お腹もすいているのかな？」

「うちの食べ物は大好きですよ。もう、おねだりするんですから」

「ジョカンでは、ろくに食べ物もやってないのでしょうか？」

「そんなことはないでしょう。そういうことではなくて、ただリンポチェが特別な味覚を好まれるのだと」

「リンポチェって？」とテンジンはおどけて見せた。

「この子の名前です」フランクはもう何度もそう言っているので、そうだと思いこむようになっていた。「なぜ、そう呼ぶのかおわかりでしょう？」

「仏法によれば」テンジンの答えは謎めいていた。「すべては心による、と言いますからね」


数日たったある日の午後、テンジンはいつものオフィスで法王と向きあって座っていた。一日の仕事終わりのいわば儀式のようなものだ。テンジンは重要項目について現状を報告し、二人は煎れたての緑茶をすすりながら、今後の予定などを話しあうのが常だった。

アタシはふだんどおり窓の敷居でくつろいで、太陽が地平線に沈んでゆくのを眺めながら、二人の話を聞くともなく聞いていた。話題はいつものことながら世界の地政学からチベット密教哲学の微細な点にまで及んでいた。

「そういえば法王様、大事なことを忘れていました」とテンジンは目の前の国連の資料を閉じて言った。「法王様のネコのことですが、摂食障害の謎が解けたことをお伝えしたくて」

ダライ・ラマの目がきらりと光り、「で」と一瞬身を乗りだし、再び椅子の背にもたれて「どうぞ続けて」と言った。

「結論からいいますと、この小さなスノーライオン姫は食欲がないわけではなさそうなのです。自分から街のレストランまで通っているようでして。そこは、仏教好きのスタイリッシュな友だちがやっている店です」

「レストランへ？」

「道を下ったすぐそこなんです」と方向をジェスチャーで示した。「赤と黄の柄のパラソルが外に立っているところです」

「そこ、知ってますよ」と法王はうなずいた。「美味しい店だと評判のようですね。それにしても、ずっとそこにいたとは驚きました」

「あいにく店主が大変な犬好きでして」

「そうなんですか？」

「特別な品種の犬を飼っているんです」

「犬といっしょに私たちの子ネコの面倒も見てくれていたんですね？」

「それどころか、この子が法王様の下で飼われていると知って、大切に崇めているんです」法王はクスクス笑った。「まだあるんですよ、彼は私たちのネコにリンポチェという名をつけてるんです」

「リンポチェですか？」あまりにおかしすぎて、ダライ・ラマは耐えられないという様子で爆笑した。

「そうなんです」とテンジンは答えた。二人は同時に振り向いてアタシを見た。「ネコにリンポチェとはこれいかに、ですね」

午後も遅く、あけ放たれた窓からヒマラヤ杉の香りが風に乗ってきた。

法王は思慮深くこう言った。「それはそれで、そんなに悪い名前じゃないかもしれません。この子が店主のために犬とネコに対しての平等心を育てる助けとなったのなら、いいと思います。ですから、彼にとってはこの子はまさに尊い宝、リンポチェですね」

椅子から立ち上がると、法王はアタシを撫でにきた。「こんなこともあるんですよ、テンジン。長いこと机に向かって仕事をしていると、ときどき、かわいいスノーライオンが私の足に胴体をこすりつけに来るのです」と愉快そうに笑った。「私が仕事を中断するまで、足首を噛むこともある。そんなときは、抱き上げてハローと言う。いっしょにいてほしいのですね。二人だけでね」ダライ・ラマは続けた。「私にとって、この子は、この瞬間に〈今ここにある〉ということを思いださせてくれる素晴らしい存在です。これ以上尊いことがありますか？　だから、こう思うのです」と、アタシのことをあの愛にあふれる表情で見つめながらこう言った。「この子は私にとってもリンポチェなのです」

第四章
利他の心とカリスマ・グルの不幸――幸せの因

その日は曇りで気分もパッとしなかったけど、思いきってダライ・ラマのオフィスを出て秘書室に向かった。チョギャルもテンジンも席にはいなかった。でも、まったく誰もいないという気配ではなかった。ヒーターのそばに枝編みのバスケットが置いてあり、なんとその中にはラサ犬が丸まっていた。

犬の品種に詳しくない読者のために説明すると、ラサ犬は長毛種の小型犬で、チベットではその昔、僧院の番犬として活躍していたらしい。チベット人はラサ犬に特別な感情を抱いている。ときどき、窓の敷居から下の寺を眺めていると、ラサ犬を連れて寺のまわりをお祈りしながら回っている人たちがいる。そうすると、縁起がいいらしい。高い境涯に生まれ変わることができると信じられているの。いくら縁起がよくたって、アタシの神聖なテリトリーのこんなに近くでラサ犬を見つけたのは、ものすごく嬉しくない驚きだったわ。

アタシが部屋に入ったとき、丸まって寝ていた犬は鼻を持ち上げてクンクン匂いを嗅いでいたけど、冒険を避けて毛むくじゃらの頭をまたバスケットの中に埋めた。

犬のことは気にはなったけど、アタシにはアタシのやり方がある。別段犬の存在にすら気がつかないふりをしてそばを通り過ぎ、チョギャルの机の上にとび乗って、木の戸棚のいちばん上まで行った。ここは眺めがいいので前からのお気に入りの場所なの。

まもなくチョギャルが戻ってきた。かがみこんで小型犬を撫でると何やら親しみをこめた調子で話しかけていた。それって、本来はアタシにすることじゃないの？

首まわりの毛が逆立つのも空しく、裏切り行為はやむどころか深まる一方だったわ。チョギャルはアタシの存在も忘れて、その犬のそばを離れずに撫でてかわいがっていた。犬は痩せてごつごつした標本のようだったけど、「かわいくていい子だね、もう大丈夫だからね」と安心させるように語りかけながらそばにいた。まったく同じ情緒的な言葉をアタシの耳元でささやいてくれることがよくあった。そのときは、心からの言葉だと信じていた。でも、同じ言い回しを長い毛のこのどんよりした目の不法侵入者にも使っているのを聞いて、アタシにだけじゃないんだと思った。四つ足で顔が毛でおおわれてるなら、どんな生きもの相手にも使うありきたりの言葉だったの。

アタシたちの関係って、特別だと思っていたけど、こんなもんなのよね！

チョギャルは席に戻って、アタシには気づかずにキーボードを打っていた。数メートルも離れていないところですべてを見ていたというのに。テンジンが戻ってきたのはそれから二十分ほどたってからのことだった。彼も入ってくるなり犬を気にかけて「キーキー」とキをうんと長く伸ばして、声をかけてから机に向かった。

二人ともまったく日ごろとは何も変わらないような様子で席について、メールを読んだり返事を書いたりしてるのがアタシには信じられなかった。ダライ・ラマの通訳が出来上がった原稿を小脇に抱えて入ってきたが、そのことで事態はさらに悪化した。通訳のロプサンはすらりと背が高く、はつらつとしていて、毛穴のひとつひとつから平静さがにじみ出ているようだった。アタシは彼のお気に入りだと信じてきた。ところが、彼さえも、まず新参者を撫でて、それからアタシに声をかけにきた。

「われらがスノーライオンのチビちゃんは、ご機嫌いかがかな？」そう言って、下あごを撫でようとしたとき、アタシ、とっさに彼の指に嚙みついて放さなかったのよ。

「われらが特別ゲストにチビちゃんが会っていたとは知らなかったな」とチョギャルはアタシを見上げていつもどおりの笑顔で言った。アタシが彼と同じように上機嫌だとでも思っているかのようだったわ。

「チビちゃんのゲストっていうわけではないから」テンジンが空気を読んで言った。それから、アタシのほうを振り向き、「邪魔者扱いしないで、キキと仲良くしてくれたら嬉しいんだけどね」とつけくわえた。

不愉快な気分でアタシの目から光が消え、くわえていたロプサンの手を放した。そして、机から床に下り、耳をうしろに倒して忍び足で部屋を出た。ダライ・ラマのスタッフは三人ともアタシが出ていったことに気がつかなかったようだ。

昼時に、チョギャルが犬を散歩に連れだすのが見えた。犬はおとなしく彼の横についてトコトコと早足で歩き、テラスのまわりを回った。途中、寺を行き来するチベット人たちが立ち止まっては憧れのラサ犬を触ったり撫でたりしていった。

厨房では、チョギャルがいつもの時間にネコであるアタシと犬にエサを用意してくれたのはいいのだが、その皿に盛られた圧倒的な量の差！　これってどうよ、と思わずにはいられなかった。キキのお皿には山盛り、アタシのお皿にはいつもと同じようにちょっぴりの分け前。それに、チョギャルったら、犬が鼻息も荒くガツガツがっついている間、じっと見守っているの。それで、食べおわるときもいい子だったと言わんばかりに、軽く叩いてやり、アタシのことはほったらかしにした。

そのあと、廊下で法王様にばったり出会ったときも、法王様は中腰になって犬にハローと声をかけていた。「そうか、この子がキキかい？」と確かめると、「きれいな模様があるね！　なんて毛並みのいいワンちゃんだろう！」とアタシからすると優しすぎるくらいの感じで撫でていたので、ちょっとイラっとした。

みんなして、まるでラサ犬を今まで見たこともなかったくらいの騒ぎようなの。いろいろとおしゃべりしているわりには、たとえばこの犬はここで何をしているのかとか、いつまでいるのかというような、アタシの知りたいことは、何ひとつ話のなかには出てこなかった。

アタシの切なる願いとして、ダライ・ラマがこの犬を引きとるつもりがないことを祈った。ダライ・ラマとアタシとの関係にヤツが入ってくる余地はないのだから。

ところが、翌日思いきって探りを入れにいくと、キキは部屋のバスケットの中にまだいた。

そして、その次の日も……。

その週にもう一人、かなり権威のありそうなお客がやってきて、心が乱されることになった。それはこういうわけだった。今から説明するけど、結果的には歓迎すべき出来事だったわ。

マクロード・ガンジの街中が特別な訪問客が来たことがわかったと思う。だって、黒塗りのでかいレンジローヴァーが丘の上のジョカンに向かって重々しく上っていったのですもの。近所の人も観光客とおぼしき人も、ピカピカに光ってるやたら高そうな、この町にはふさわしくないような黒い塊の出現に、どこかよその惑星からやってきたんじゃないか、と白い目でジロジロ見ていた。いったい、この黒くて中が見えないプライバシーガラスの窓の向こうには誰が乗っているの？　こんなに秘密厳守でここまで来るなんて、よほどのことなのよね？

ただ一つだけわかっていたことは、この訪問者が誰に会いに来たのかということ。

その黒塗りの車はついにジョカンの門をくぐり、お察しのとおり、その住人であるリンポチェ、つまりネコ菩薩でありジョカンのスノーライオンと呼ばれている「世界でもっとも美しい生きもの」、そしてその相棒である人間に会うことになる。

訪問客が法王様の部屋に入っていく瞬間から、その人を見ていた。あとでわかったのだけど、彼は世界的にもっともよく知られた旧来の自己啓発系グルだった。ミリオンセラーの出版物のカバーとDVDのジャケットでよく見かける顔よ。講演旅行で世界中を回り、首都のいちばん大きな会場で大群衆に向かって話す人だった。ハリウッドのなかにも彼を師と崇める連中が大勢いた。アメリカの大統領にも会っていたし、テレビの人気トーク番組にもレギュラー出演していた。

でも、アタシはとっても思慮深いので、ここで彼が誰であるかを明かすわけにはいかないと思った。ダメよ、これから彼が白昼の下にさらすことになる事柄は、もちろんここだけの話ですもの。部屋に一歩入った瞬間から、彼の態度は威圧的だったわ。まるで自分の存在を注視しないと許さない、とでもいうかのように。

もちろん、ダライ・ラマには強力な存在感がある。でも、彼の存在感とは似て非なるものよ。法王様の場合は、個人の存在というよりは、善性を象徴する存在との出会いに思えるの。法王様といっしょだと、出会った瞬間からふだんから思っていることや気になることはどうでもいいことのように消えてしまい、そしてふと気づかされる。自分の本来の性質は限りない愛だったのだ、と。すべてよし、とね。で、このときもそうだった。

訪問客のことは、便宜上ジャックと呼ぶことにするわ。ジャックは部屋に大股で入ってくると法王様へのご挨拶に伝統にのっとって白いスカーフを捧げた。そして、すぐに、法王様の近くの、背もたれが翼の形状のお客様用の椅子に腰を下ろした。

たいがいどの訪問客も同じようにふるまうけど、ジャックの動作はなぜかオーバーで、彼の一言ひとこと、一挙一動が、さも重要であるかのように思わせるの。二人の会話は変わり映えしない挨拶からはじまり、ジャックが最新の自著を法王様に謹呈した。そのあと、前の年に行われたワールドツアーについて話しはじめると、彼はうっとりと自己陶酔していた。自分が出演した最近の映画について話しているときは、スクリーンでのカリスマぶりが目に浮かぶようだった。

ところが、十分もすると会話が途絶え沈黙がやってきた。法王様はリラックスして、よい聞き手として穏やかに笑みを浮かべながら座っておられた。すっかり自信に満ちた態度のジャックだったが、なぜ自分がここに来たのか、その理由をはっきり言いだせなかった。ついに再び口を開くと、話が進むにつれて、思ってもみない展開となった。

「法王様、ご承知のとおり、私は二十年以上にわたりライフ・コーチとして働いてきました。人生の情熱を見つけ、夢を実現し、成功し豊かな人生へと導くために、世界中の数百万人の人々の手助けをしてきました」

慣れた口調で言葉に詰まることもなく切りだしたジャックだったが、話すにつれて彼のなかで何かが変わっていった。それが何なのかをはっきり言うのは難しい。

「私は、物質面だけに限らず、さまざまな側面で人生の目的達成のために、人々の手助けをしてきたのです」ジャックは続けた。「彼らのユニークな才能や魅力の活かし方や、成功へと導く人間関係の作り方を教えてきました」

言葉を重ねるほどに、彼の輝きは色あせていくようだった。彼はすっかり小さくなっていた。身体も椅子に沈みつつあった。

「私は、アメリカで、いえ、たぶん世界で最大の自己啓発の組織を設立しました」彼はまるで失敗を自認するかのような口調で言った。「その過程で、私は大成功して金持ちにもなった」

彼が最後に言ったことは、いちばんの衝撃だった。成し遂げようとしたことはすべて達成したことを明言したことで、それが何ももたらさなかったことを告白しているかのようだった。彼は前かがみになり、肩を丸め、肘を膝に付け、打ちひしがれた人のように見えた。法王様に向かって顔を上げたとき、その目は懇願していた。

「成功しても、幸せじゃないんです」法王様は気持ちを察するように彼を見つめた。

「先日のワールドツアーで、毎晩百万ドル以上を稼いでいました。アメリカでは行く先々でいちばん大きな会場を満席にしました。なのに、こんなに空しく感じたことはありません。成功してお金持ちになるように人々を動機づけしながら大勢の人を前に、突然、自分のしていることがまったく無意味に感じられたのです。かつては、成功が私にとっての夢だったこともあります。でも、今は違うんです。

家に帰ると、まわりの人たちに言いました。休みが必要なんだ、と。仕事をするのをやめました。ひげも伸ばしました。ほとんど家にいて、本を読んだり、庭仕事をしたりして過ごしました。妻のブリーは、そういう私を嫌がりました。彼女はいままでのように、週末はセレブと過ごし、パーティを開いて、新聞の社交欄に登場したかったのです。最初、彼女は私が中年の危機に陥ったんだと思ったようです。だんだんとげとげした雰囲気になっていきました。関係もますます悪化しました。そして、とうとう離婚したいと言いだしたんです。それが、三か月前のことです。今、私は実に混乱していて、どうすればよいのかわからないのです。

もっとひどいことがあるんですがね。嫌な気分になっている自分が嫌なんです。みな私が夢を生きている、と信じていますよ。私の人生は信じられないくらい満たされていて幸せだ、と。私はそうやって人々を励ましてきました。なぜなら、本当にそうだと信じていたからです。でも、私はまちがっていました。本当じゃなかったんです。いままで、ずっとです」

威厳のある重みもカリスマ性もシューと抜けてゆくように消えてしまい、そこに残されたのは哀しい、しわくちゃの男だった。ジャックのことをかわいそうに思わないわけにはいかなかった。彼が投影した仮面の人格とそれをはぎ取った素顔の彼との差はあまりにも大きかった。外から見れば、富や名声、グルとしてのステータスは、彼が人生の問題と取り組むための何より強固な装備とも見えるだろう。

法王様は椅子から身を乗りだした。「あなたが傷つかれていることをお気の毒に思います。でも、別の見方もできますよ。今体験されていることはとても役に立ちます。おそらく、あとになって振りかえると、人生の出来事のなかでいちばんよかったことと思えるようになるでしょう。物質世界への不満は、なんといえばいいでしょうか……精神的な成長へのエネルギーになってくれるのです」

自分がいま味わっている不幸な感覚がどういうわけか役に立つ、という考え方を聞いて、ジャックは驚いた。ダライ・ラマがそのように答えたことに困惑したのだ。

「裕福であることがまちがっている、とおっしゃっているわけではないですよね？」

「違いますよ」とダライ・ラマは続けた。「富は力、エネルギーのひとつの形です。よい目的のために使えば、これほど役に立つものはない。ところが、おわかりのように、幸せをもたらすわけではない。最高に幸せだという人たちを知っていますが、貧乏ですよ」

「能力を発揮する生き方についてはどうでしょうか？　これも、幸せの原因とはならない、ということでしょうか？」とジャックはもう一つの自分の今までの信念について話題を向けた。

ダライ・ラマはニッコリした。「私たちにはみな素質というものが備わっています。優れたところがあるはずです。こうした能力を伸ばすのはとても役に立ちます。しかし、お金と同じで、問題は能力そのものではなく、それをどう使うか、なのです」

「ロマンスや愛についてはどうでしょうか？」

この時点で、ジャックは自分の信条を詰めていた樽の底を抜き、彼ならではの懐疑的な一面があらわになった。

「奥様とは結婚されてもう長いのですか？」

「十八年になります」

「つまるところ」と法王様は手のひらを上に返して見せながら言った。「変化するということ、無常だということです。これは、すべての物事の性質、とりわけ人間関係では顕著ですね。愛情も、もちろん幸せの本当の因にはならない」

「本当の因、というのはどういう意味でしょうか？」

「確かにそうだ、と信頼できる原因、ということです。常にそうであり、例外もない、ということです。水に熱が加えられれば、湯気となる。誰がやっても、何回やっても、どこでやっても、水に熱を加えれば、その結果はいつも同じで湯気ですね。しかし、お金やステータスや人間関係を見ていきますと」と法王様は微笑しながら、「こうしたものは、幸せの本当の因ではないということが容易にわかるでしょう」と言った。

ダライ・ラマが指摘した覆しようがない真理は、ジャック自身の体験と照らしあわせても納得できることだった。その一方で、その単純明快さは、我らが訪問客を飛びあがらせるほどびっくりさせたようだ。

「私は生涯を通して自己啓発の福音を説いてきました。なのに、それが完全にまちがっていたのです」

「自分をそんなに責めてはだめですよ」と、ダライ・ラマは言った。「人々がもっと前向きに生きるためのサポートをして、その人たちが周囲によい影響を与えて、自分も幸せになれば、それはいいことです。とてもいいことです。危険なのは、自己啓発が、さらなる自己愛や自己陶酔を増長させてしまう可能性があることです。こういう態度は、幸せの本当の因とはならず、真逆の状態を招くことになります」

ジャックは、頭のなかをちょっと整理する間をおいてから、こう聞いた。

「幸せの本当の因についてなのですが、自分にとっての幸せの因とは何だろうか、と見つける必要がありますか？　それとも、共通する原則というものがあるのでしょうか？　物質世界に背を向けないとならないのでしょうか？」

もっと聞こうとしたが、ダライ・ラマは大笑いして言った。「僧侶になることも、幸せの本当の因とはならないのですよ！」それから、真剣な表情にもどりダライ・ラマはこう続けた。

「私たち一人ひとりが幸せをつかむための自分なりの方法というのを見つける必要がある。けれど、共通の普遍的な原則も確かにある。幸せの因には二つある。一番目は、他者を幸せにしたいと願うこと。それを仏教では慈愛といいます。二番目は、不満や苦しみから、他者を解放したいと願うこと。それを慈悲というのです。

大きな転換は、自己中心的な考え方をやめて、自分ではなく、他者を考えの中心に置き換えること。つまり……なんと言えばいいでしょう、そう、パラドックスなんですよ。他者のためになることを願えば願うほど、自分が幸せになる。結局は、自分を利することになる。私はこれを賢い利己主義と呼んでいるのですよ」

「興味深い考え方ですね」ジャックは深くうなずいた「なるほど、賢い利己主義とはね」

「この原則が本当かどうか、自分の経験に照らしあわせてみなくてなりません。たとえば、人生でとても嬉しかったときのことを考えてみてください。おそらく、そのときあなたは誰かほかの人のためになることを考えていたことに思い当たるでしょう。今度は、どうしようもなく不幸だったときと比べてみてください。そのときは、誰のことを考えていましたか？」客はこのことについて思いめぐらしていたが、法王様はこう続けた。「科学的な調査が行われてこれが面白い結果だったのです。ＭＲＩで瞑想者がそれぞれ別のことを考えているところをスキャンする実験がありました。瞑想する人が完全に安らいでリラックスしているとき、もっとも幸福度が高いだろうと期待した。ところが、ポジティブな感情と関連がある脳の前頭葉は、被験者が他者の幸せを考えているときに反応を示したのです。このように、〈他者中心〉であればあるほど、幸せ度も高まるのです」

ジャックはうなずいていた。「自己啓発ではある程度のところまでしか行けない。そうすると、他者の幸せを願う心を啓発する、ということが必要になってきますね」

「そのとおりです」とダライ・ラマはにこやかに手を合わせた。

ジャックはしばらく間をおいてから「やっとわかりましたよ、法王様がこの体験から何かしら役立つことが生まれるだろう、とおっしゃったわけが」

「こんなたとえ話があります。参考になるかもしれない」と法王様は話しはじめました。「ある男が家に帰ってくると、庭の前に羊の糞が山のように積まれていた。彼はその肥料の糞を注文した覚えがなかった。そんな物は欲しくなかった。しかし、どういうわけか、そこに置かれていて、彼にとっての選択はそれをどうするか、だけだった。糞をポケットに入れて一日中歩きまわり、出会う人ごとにどんな目に遭ったか不満をぶちまけることもできる。しかし、そんなことをすればみんな、彼を避けるようになるだろう。もっと有効な選択は、その肥料の糞を自分の庭に撒《ま》くことだ。

私たちは問題にぶち当たると、これと同じようにどうするか悩むことになる。それが欲しかったのではなく、むしろ、いらないものなのですから。ここで重要になるのは、これにどう対処するか、です。賢く対応すれば、最大の問題こそが最高の気づきをもたらしてくれることになるのです」

それからしばらくたって、アタシは秘書室のいつもの場所にいた。ジャックが来た朝のことを思いだしていた。彼は部屋に入ってきたときはパワーをみなぎらせていたのに、ダライ・ラマに本当は自分がどう感じているかを話していたときには、すっかり様子がちがっていた。外見と内面の差がこんなに出ることもないだろう。人生の問題にどう対処するかについてアドバイスされたダライ・ラマの言葉を振りかえったりもした。望まない問題が起きてしまった場合でも、そのときの対処の仕方によって将来、幸せになるか、不幸になるかが決まるんだな、と。

その日の夕方近くにダライ・ラマの運転手が一週間ぶりにオフィスに現れた。彼は入ってくるなりバスケットの中で丸まっているラサ犬に気がついた。

「この子は？」とチョギャルに聞いた。チョギャルは机の上を片付けてちょうど帰ろうとしているところだった。

「飼い主が見つかるまで預かっているのさ」

「チベット難民が増えたってわけか」と運転手は軽口をたたき、かがみこんで犬を撫でた。

「難民のようなものだよ」とチョギャルは言った。「この子はダラムサラの僕の従弟の家の近所の人が飼っていたんだ。飼いはじめて数週間すると、キャンキャン鳴く声が庭の向こうから聞こえてきて、一週間ほど前は、夜に家の中で吠えているのがうるさく聞こえたらしい。それで、従弟が見にいってドアをノックした。留守のようで誰も出てこなかったんだが、犬が鳴きやんだんだ。次の夜も同じことが起きた。飼い主はあまり面倒を見ていなかったようだね」

運転手はかわいそうに、というように首を横に振った。

「それから二日経って、従弟は向かいの家の人に犬のことを聞いてみたそうだ。すると、飼い主は先週末に引っ越したって言うんだよ。家財を持ちだして、いらないものを残して鍵をかけ、車で走り去ってしまったそうだ」

「で、この子犬が捨てられていたということか?」運転手は嘆いた。

チョギャルはうなずいた。「従弟は急いでドアを壊して家の中に突入した。そうしたら、このキキがキッチンにいたんだ。重い鎖につながれて、かろうじて生きてるところを見つけた。本当にひどいもんだった。エサも水もなくて。彼はすぐに犬を家に連れて帰って、まず、水を飲ませてやり、それからエサもやった。でも、続けて面倒を見ることは無理だった。従弟は独身で、家を空けることが多いんだ。だからなんだよ」とチョギャルは肩をすくめて言った。

「ほかに当てがなくて、ここに来たんだ」

キキがなぜここにいるのかを聞いたのはこのときが初めてだった。身の上話を聞いて、無感動を装うのは無理だった。キキが最初ここに来たとき、ひどく嫉妬したことや、チョギャルのかわいがり方やエサの量にまで腹を立てていたことを思いだしていた。抑圧されていた感じや艶のない毛並みの状態も思いだした。もし、この話を知っていたなら、アタシだってこの子のことをかわいそうに思っただろう。

「アニマル・シェルターを始めたってとこかな」と法王様の運転手は言った。「ミャオタクトウ様は新参者の孤児にどう反応してるのかな？」

アタシのヒゲは過剰にピクピクした。運転手は、いつもアタシに辛く当たる。なぜ、この恐ろしい名前で私を呼ぼうとするのだ？

「この子犬のことに関しては、まだ様子を見て考え中、というところかな」チョギャルは彼らしい寛大な評価を下しながらアタシをチラッと見た。

「考え中？」と運転手は戸棚に向かってきて、アタシを撫でようとしていた。「それは賢い子ネコってことだな。たいがいは見かけだけで他人を判断しようとするからな」

「よくあることだけれど見かけは当てにならないからね」とチョギャルは言うと同時に、アタッシュケースをパチリと閉めた。

翌朝、アタシが秘書室を訪ねると、キキはバスケットにいた。もう無視することはできずに近づいて、一瞬匂いを嗅ぐと、キキも同じように鼻をクンクンさせて応えてくれ、頭を上げてアタシのことを優しい目でじっと見た。この瞬間に心が通いあった気がした。

とはいえ、バスケットの中に飛びこんで、顔を舐めるまではさせなかった。アタシって、その手のネコじゃないの。それに、この本も、その手の本じゃない。アタシはもう全然キキをうらやましいと感じなかった。チョギャルがいくらでも好きなようにこの子と散歩したり、たわいもない甘い言葉をかけたりしても、少しもアタシの気持ちは乱れなかった。目に見えていることの裏には、別の現実があることを知っていた。第一印象がどんなに素晴らしくても、その裏には仮面に隠された、まったく違う真実があるということがわかりかけていた。

それに、嫉妬などしていないときのほうがよほど幸せだった。嫉妬や怒りは、アタシの心の平和を乱す困った感情だ。自分のことで言わせてもらえば、惨めな気分やイライラした気分で得したことなんかなかったわ。

それから半年もたたないうちに法王様宛にエンボスのデザインが印象的な封筒で手紙が届いた。ジャックがあらたに創った他者を啓発する新しい研究所の封筒だった。

ジャックはジョカンの訪問後、自己啓発会社を仲間に譲り、他者啓発のためのパートナー研究所を創設した。その目的は、時間、お金、ソーシャル・ネットワークのスキルを社会貢献に使って、できるだけ多くの人たちの能力を高めることだった。まず思いついたのは、ジャック自身がこれから活用したい社会資源の候補を決めることだった。しかし、他者啓発の精神として、研究所のみんなが支援したい組織を選ぶということにした。

わずか数か月の間に一万人以上の人々が支援者としてサインをした。三百万ドル以上の寄付が集まった。さまざまなチャリティ企画を世界中で開催した結果だった。支援の大きな波は、感動的で、自分が謙虚になることができて、人生に確信が持てるものだった、とジャックは言っていた。人生でこれほど満ち足りて幸せだったことはない、とジャックは感じていたのだ。

法王様

今年の後半、この新しい研究所の設立記念会議にご参加いただけますか？

よろしければ、その折に「幸せの本当の因とは」という講演会を開催したく存じます。

ジャックの手紙をチョギャルに読んで聞かせていたテンジンは、声を詰まらせた。「もう二十年以上もここで働いているけれど、いまだに驚かされることがある。人間って、他人の幸せのために何かしたいという動機を持つと、そこからの実りって、実に……」

「計り知れない？」チョギャルが返した。

「まさに、無限だよ」とテンジンは答えた。

第五章
エコロジーは大切、ネコのプライバシーもね——カルマの法則

世界的に名の知られたセレブといっしょに暮らして無名のままでいられるなんてことがあると思う？　超有名人の無名のパートナーは、茶色の目立たないめんどりと派手なおんどりの関係のように、自分がいつも低く見られて無視されているように感じるに違いない、と世間は信じている。つややかな羽と見事に調和したあかね色の鶏冠《とさか》のせいで、おんどりにばかり注目が集まると、めんどりだって自分もスポットライトを浴びるときが欲しい、と憧れるのももっともなことだと思うかしら？

ここにいるこの特別なめんどり、つまりアタシのことだけど、答えはノーよ。

ジョカンという小さな世界のなかでは、アタシのことを知らない人はいない。カフェ・フランクでは、リンポチェとして尊重されている。法王様がテレビに出るときは朝も昼も夜も生活の様子が撮影されるし、マイクが無遠慮に入りこんでくる。法王様は次々に初歩的な質問を繰りかえすジャーナリストたちに仏教の基本を答えてあげなくてはならない――それってまるで応用物理学の教授に掛け算の九九を唱えるようお願いしてるようなもの。それでも、ダライ・ラマ法王が心からの温かさとユーモアをもって答えているのを見ると、ダライ・ラマのもとからの資質というだけではなく、仏教の修行の成果がそこに現れている気がするの――とくに注目すべきは忍耐力！

アタシがどうしてここまで「絶対有名になりたくない」と断言できるかというと、いやっていうくらいメディアの注目を集めたからなの。驚くわよね。「ヴァニティフェア」の誌面でファッション界のトップカメラマン、パトリック・デマルシュリエとかに撮影してもらってダライ・ラマのネコとしてさっそうと登場したわけでもなく、雑誌社を取材に招いて、おめかししておひげをピンとたてて、さりげなく長いグレーの毛並みの足を組んで、ヒマラヤでの謎に包まれたプライベートライフの愉しみを語ったわけでもないのに。メディアといっても、カッコイイ雑誌から注目されたわけじゃないということを認めるのがとってもほんとは辛いことなの。

撮影？　そうね、撮られたわ。セレブ特集に？　残念ながら、違う。

それは春めいてきた頃の早朝の出来事だった。法王様が一時間はやく瞑想を切り上げ、外出の準備をはじめたときから何か変だな、と思っていた。儀式を執り行うために旅に出ることはよくあったけど、今朝の予定の変更は聞かされていなかった。秘書二人は変更を知っていたみたい。でも運転手は迎えに来ていなかったので、旅ではなさそうだった。寺からはすでに声明が聞こえていたので、今から寺に行くはずはないとも思っていた。行事の責任者がセキュリティやパーキングや、そのほかの準備事項をチェックしはじめたので、そうか、訪問者を待っているのだ、と理解できた。誰なんだろうか？

車が何台も到着し国際的なメディアの代理店から派遣されたジャーナリストやTVクルーを次々と降ろした。彼らが案内されたのは、寺の裏から森へと続く道だった。次に、ダライ・ラマを訪ねてくる客の車がもうすぐ到着するという報告が入った。法王様は階下に向かった。テンジンとチョギャル、それにキキも紐を引きずりながらうしろにいた。何が起きているのか知りたくて、アタシも金魚の糞のようについていった。

そのうち、訪問客は誰かという噂が聞こえてきた。いわく「フリーチベット・キャンペーン（中国の弾圧からチベット解放を訴える世界的な運動）」、いわく「大英帝国の息がかかっているらしい」、さらに彼女の慈善事業の話やら、案外地味な生活だということや、ロンドンとスコットランドを行ったり来たりしているという話が飛び交っていた。

ダライ・ラマ法王がちょうど外に出たとき、客が到着し、ブロンドのエレガントな女性が降りてきた。髪は肩までかかり活発そうな雰囲気で、法王様の訪問客によくあるきちんとした格好ではなく、ワックスがけのアウトドアジャケットにカーキ色のチノパン、茶色のハイキングブーツというい で立ちだった。

読者のみなさんはひかえめなアタシのことをすでによくご存じだと思う。いままで法王様のお客様のお名前を明かしたことはないんですもの。今回のお客様も、テレビやステージに何度も出ていて、いくつもの慈善団体のパトロンもしている、すっごく素敵なイギリスの女優さん、としか言えないわ。

二人はチベット式の挨拶を交わすと、森のほうへと歩きだした。アタシはあとをついていき、ちょっと離れてほかの同行者たちも歩いてきた。

「私たちの団体にご支援をいただき、深く感謝しております」と女優は言った。

「森林破壊はみんなが関心をもたなければならない問題です。支援できて、よろこばしく思います」とダライ・ラマは言われた。

英国人女性は森林の重要性について、二酸化炭素を酸素に変換するのが主な役割だから地球上の「緑の肺」だ、と語った。それなのに、トウモロコシ畑やヤシ油製造の農地にするため森は日ごとに激減していて、結果的に大地は衰え、水は汚染され、さらには生物多様性の危機をも招いているという。さらに、オランウータンをはじめとする多くの種は、住む場所がなくなり生存を脅かされている、とも。

「森林を救うことは、お金だけの問題ではありません」と彼女は言った。「気づきとそのための教育が必要なのです。できるだけ多くの人々が行動を起こすよう、あるいは百歩譲って、森林再生の考えを支持するようきっかけを作っていかなくてはなりません。法王様は著名であられますし、多くの方から支持されています。法王様のご支援をいただければ、私たちのメッセージももっと広く知ってもらえることになります」

ダライ・ラマは彼女の手を取って言った。「私たちは、いっしょに協力しあって最善の結果を生むことができるでしょう。あなたはこれまでこの仕事に労を惜しまず携わってこられた。フリーチベット・キャンペーンやほかのチャリティ企画への援助も、多くのサポーターの模範となっていました」

彼女は謙遜して肩をすくめた。「いえ、当然のことをやってきただけです」

二人の会話を聞きながらあとをついていくうちに、森へとやってきた。小道の両側には一面サクラソウとヤドリギが広がり、シャクナゲの灌木がピンクと赤の色とりどりの花を枝一杯に咲かせていた。

「もしも商業主義に溺れてしまうようなことがあれば、この風景も失われてしまうというリスクをかかえているんです」と彼女はまわりを指さしながら言った。

法王様は賛同してうなずいた。「あなたの動機はすばらしい。見返りを期待せずに、奉仕している」

「まさか、見返りなんて気にしてませんわ。何か役に立つことができることを幸運だと感じています」

ダライ・ラマがクスッと笑ったので、「そう思われませんか？」と真意を確かめるように聞いた。

「とても恵まれている！」と法王様は答えた。「幸運とはちょっと違うかもしれない。仏教ではカルマの法則、つまり因果関係を信じている。原因がなければ、結果も生まれない、成功するにも原因がある」

「私は相当年数、仕事のキャリアを積んできたのは事実です」と彼女は認めた。「仕事がきついときもありましたが乗り越えてきました」

「仏教では、一生懸命仕事をする、ということを成功のための『条件』と捉える。『因』とは捉えないのです。もちろん、カルマが芽を出すためには条件は必要になってくる。ちょうど木が育つのに土と水と熱が必要なように。しかし、カルマの因、つまり最初の種がなければ、どんなに条件がよくても結果は現れない」

女優は、ダライ・ラマの言葉に真剣に耳を傾けていた。会話は思いがけない方向に進んでいったが、これはよくあることだった。何がその人のためになるかを見抜いて話をするのだ。

「一生懸命働くことが条件に過ぎないとしたら、成功のためのカルマの因、というのは何になるのでしょうか？」と彼女は聞いた。

法王様は、慈愛に満ちたまなざしを彼女に向けてこう言われた。

「惜しみなく与える心、寛容さ、布施です」と法王は答えられた。「今あなたが手にしている成功は、あなたが過去に布施をした結果として生じています。そして、現在、あなたが行なっている布施は、将来にさらなる成功をもたらす因となる、ということです」

数分は小道を歩いただろう。こんな遠いところまでは一人では来たことがなかった。森が突然開けて、月面世界のような荒涼とした風景が迫ってきた。昔は青々とした茂みだっただろうに、今では砂っぽい土に苔さえ生えない岩、腐りかけた切り株がいくつか放置されているだけだった。

法王様と女優は、一瞬立ち止まった。植樹祭のために、穴がいくつも掘られていた。そのそばに松の苗木と一輪車には土が用意されていた。報道関係者は準備万端で、森から荒れ地へとカメラマンたちは二列になって進んだ。

カメラが回りはじめ、随行しているメンバーたちが主役のうしろにピタッと近づいてきたとき、アタシは急に便意をもよおし本能の叫びに従わなくっちゃと慌てた。こういう事態だとネコの習性としてはプライバシーが守られ、砂っぽい地面を探すことが急務だった。このチャリティ団体のロゴが描かれた長い横断幕が張られている場所があった。あとで撮影するためだろう。ここは隠れるのに最適の仕切りに思えた。

気づかれないように横断幕の陰に入りこんだ。喧噪から逃れて落ち着いてあたりを見回してみると、もみの木の苗木が何列にも並んでいるのに気づいた。植樹祭のために準備されたもののようだった。苗木の向こうはこんもりとした大きなローム質の山になっていて、まさにネコにはうってつけの夢のような場所だった。

もうここしかないでしょ！　と即行動。子ネコのように大喜びして跳ねるように登っていった。山のてっぺんに向かって右に左に土を蹴散らしながらいいところを見つけたと我ながら嬉しさを噛みしめるのだった。いちばん上まで登りきると、あたりの土をクンクン嗅ぎながら、居心地最高の場所を探した。

森の樹々で被われた中に静かに座っていると、瞑想的な気分になる。早朝の風はさわやかで松の香りを含み、明け方の鳥たちの流麗な旋律を運んできた。遠くから、人の声が聞こえてきた。あの女優さんの声かな？　アナウンスのあと、一瞬の間があり、拍手が聞こえた。

事が起きたのは、そのあとだった。横断幕が突然落ちて、アタシのプライバシーが白日の下にさらされたのは。森林再生の番組のために組まれたすべてがこの瞬間にアタシのことにとってかわった。

誤解しないでほしいんだけど、アタシたちネコはお堅いわけじゃないの。そうかといって、自分たちを誇示したくはない。とくに、世界のメディアが集まっているところではね。

幕が落ちた瞬間、聞こえていたのはカメラのシャッターとフィルムの回る音だけだった。そのあとすぐ、みんなのなかから笑いの波が起きた。最初にクスクス笑ったのはダライ・ラマ法王だった。それから、女優さんが、土に肥料が施されたので、この荒れ地も豊かになるでしょう、というようなことを話した。

アタシにとっては、この場からできるだけはやく退散することが重要だった。

もう全速力で土を蹴散らして山を下り、身を低くして藪の中に入った。休む間もなく寺に駆け戻り境内を横切って安全な我が家にとびこんだ。

アタシは廊下に続く近道を知っていた。外から開けられるドアをダライ・ラマについて歩いたときに見つけていたのだ。そこをすり抜けて一階の洗濯室へ忍びこみ棚にとび乗り出窓に沿って歩き、窓からダイニングへと入っていった。朝も早くから大変な目にあって疲れ切っていたので、どっしりとしたアームチェアに身を丸めるとそのまま深い眠りに落ちていった。

香ばしく焼けるステーキの匂いで目が覚めた。これはあの人、ご存知ミセス・トリンチにしかできない料理だ。匂いにつられて顔を持ち上げてみると、食堂はすでにいっぱいだった。ダライ・ラマは別の仕事に戻り、テンジンと通訳のロプサンとその助手に森林再生のメンバーたちの世話を任せていた。一行はテーブルを取り囲んでステーキや卵料理の朝ごはんを食べていた。ミセス・トリンチはマッシュルームソテーやオニオンリングやフレンチトーストを忙しげにみんなのお皿に順番に盛りつけてテーブルのまわりを回っていた。アタシがテーブルのまわりをウロウロしているのに気がつくと、白い陶器のお皿にひと口大に切ったステーキを素敵に盛りつけて床に置いてくれた。

みんな美味しそうにお皿を平らげると、会話は植樹祭から森林再生のキャンペーン、そして女優さんの年末までびっしりと詰まったスケジュールの話になった。ちょっと間をおいて、彼女は振りかえるように言った。「今朝ほど法王様からカルマについて初めて聞くような興味深いお話を伺いました。西洋では、カルマはほとんど話題にのぼることがなく、知られていませんね」

テンジンはオックスフォードでの留学時代からこの女優に興味をもっていたので、ここぞとばかりにこう返した。「そうなんです。知られていないことがむしろ私には驚きでした。因果の法則は、現代のテクノロジーでは当然とされている原理でしょう。原因のないものなんてありませんから。すべて、なにかしらの結果として生じているのですからね。それなのに、ひとたびいまある物質世界を超える話となると、西洋の人々は、幸運とか、運命とか、神聖なものの力が働いた、などという言い方をするのです」

食事のテーブルを囲んでいた人々はしばらく何も言えなかった。「私は思うのですが」とテンジンは続けた。「カルマはすぐさま結果となって現れるものではないので、わかりにくいのです。結果を招くまでに時間がかかるのです。そのせいで、原因と結果の関係性が見えにくくなっているのです」

「そのとおりですね」と女優はうなずいた。「法王様が言われたのは、いま享受している成功や富は過去に為した布施や与える心から生じたもので、一生懸命努力したり、リスクを引き受けたり、目的を追求したりした結果ではない、ということでした。そういったものは、成功の原因ではなく、条件となったのだということです」

「まさにそうですね、カルマが熟するには、原因と条件、この両方が必要なんです」

「ここにいる仲間のあいだでは有名な話なのですが」と女優はキャンペーンの仲間たちに目配せしながら言った。「私が森林再生キャンペーンのために相当額を寄付したその年に、奇妙なことが起きたのです」

テーブルのまわりでは待ちかまえていたかのように「あのことね」という気配が生まれた。

「寄付をしたのが五月でした。すると十二月に、予想だにしなかったのですが、ピッタリ同じ額の配当金を受け取ったのですよ。みんなが、それってカルマだわ、と言ったんです」

テーブルのまわりが笑いで揺れた。

女優はテンジンのほうを見て聞いた。

「これって、正しい解釈なのかしら?」

「そう考えてしまうのもわかります」と彼は答えた。「行いと結果を数式のように考えないことが重要です。というのも、ある日誰かに何かをあげるとすると、別の日に同じものをその人からもらうことになる、というわけではないのです。カルマというものは、帳簿上の目に見える貸借表のようには作用しません。むしろ、エネルギーのようなもので、時とともに蓄えられて増大していくものなのです。ですから、たとえ小さな布施であっても、とりわけ最良の動機でなされたものであれば、将来において、大きな富をもたらしてくれる因となりえるのです」

　女優とその仲間たちはじっと耳を傾けていた。

　テンジンは続けた。「興味深いのは、与えることが将来の豊かさの因となるだけではなく、すでにあるカルマを熟成させる条件ともなることです。一生懸命に働くことや抜け目のない商取引は富の条件ですが、布施も条件となるのですよ」

「おっしゃることは筋が通ってますわ」と女優は続けた。「それに、面白いことに、イエスも同じようなこと言っているでしょう。自分で蒔《ま》いた種は、自分で刈り取らなくてはならない、と」

「カルマの考え方は、初期のキリスト教では広く受け入れられていました」とテンジンも賛同した。「東洋から、たとえば魚や光輪のような宗教的に重要なシンボルがもたらされましたが」と、ブッダに後光が射している壁掛けを指しながら「シンボルだけではなく、汝の隣人を愛せ、というような慈悲の教えの中心となっている考え方なども、二千年前にかつてのシルクロードを通って入ってきたのではないか、と私には思えるのです」

　客たちの表情は真剣そのものだった。

「ひとつわからないのはね」と女優が言った。「カルマがどこで生成しているか、ということとなの。もし、罰したり、報いたりする神がいないなら、そして、アカシックレコード（宇宙に存在するすべての情報の記録）というものもないとするなら、カルマのこうした作用はどこで起きているのかしら？」

「核心をついた質問です」とテンジンは答えた。「それは、私たちの意識の連続体のなかで起きている。体験というものは、普通に考えている以上に主観的なものです。私たちは、出来事を受動的に受けとめているだけではない。いつだって自分だけの現実をこの世界に投影しまくっているのです。二人の人間が同じ環境にいたとしても、それぞれの体験はかなり違いますね。なぜかというと、それぞれカルマが異なっているからなのです」

「因果の法則においては」とテンジンは続けた。「より大きな喜びと豊かさをもたらすための因となる体験を少しずつ増やしていくことができる、逆に、不幸や貧しさや欠乏の因を避けることができるようになる、と言われています。ブッダご自身がこんなふうに素晴らしいまとめ方をされている。『考えは言葉となる。言葉は行いとなる。行いは習慣になっていく。習慣は性格にまで固まっていく。ですから、自分の考えと、その方向を注意深く見つめなさい。すべての生きもののことを気にかけ、その想いから生まれた愛が泉となって湧きあがるようにしなさい。影が身体についていくように、そのように抱いた想いと同じものに私たち自身もなっていく』」

それからしばらくして、女優の一行は席を立ち、テンジンをはじめ世話になった人々へ感謝の辞を述べた。ジャケットやスカーフを手にしながら女優はアームチェアのほうを見た。アタシは行儀よく足を脇に折りたたんだ姿勢でそこにいた。

「まあ、この子は、今朝見かけたあのネコなの？」

テンジンは無表情にチラッとアタシを見た。あの日の午後、カフェ・フランクでアタシを見つけたときと同じ顔つきだった。

「同じ種類のようですね」と彼はしぶしぶ認めた。

「スノーライオンがあれほど遠くに行ったのを見たことがなかったですね」ロプサンが驚いていた。

「ヒマラヤ種はこのあたりでは珍しくないので別のネコかも……」とロプサンの助手は思いきってそう言った。

女優は皮肉っぽい笑いを浮かべ、首をきゅっとすくめて言った。「そうなのね、だとしても、予期せぬ出来事だったわ」

午後遅く、テンジンはその日の出来事を話しながらダライ・ラマとともに緑茶を愉しんでいた。ミセス・トリンチが焼いた薄菓子が多めに添えられていた。彼女はいつだって気前がいい。ざっと話が終わると、ダライ・ラマは植樹祭に話を向けた。

「朝食会はどうでしたか？」

「法王様、とてもよかったです。お客様たちがすべてに満足されていれば何よりですが」

「今朝はずいぶんな数のメディアが取材に来ていたようですね。あれほどたくさんのテレビカメラがジョカンに入ったのを見たことがありませんよ」

「テレビではかなり放映されたようです。しかし、いちばんの影響力はYou Tubeでした。なんせ、瞬時に拡散されたのですから。これまでに一千万以上ものヒットがありました」とテンジンが言った。

「植樹祭に、ですか？」法王様は眉を吊り上げて聞かれた。

「始まりはそうなのですが、この映像のいちばんのスターは」とテンジンはアタシのほうを向き「この小さなリンポチェなのです」と言った。

ダライ・ラマは思わず大笑いし、おかしさをこらえながらこう言った。「笑いごとではないかもしれませんね。私たちのこのリンポチェか、それともジャーナリスト側か、どちらが驚いたのか？　お互い驚いたでしょうね！」

そう言われると、ダライ・ラマはアタシを抱き上げ腕の中でゆっくりと撫でてくれた。「今朝起きたときは、ここの誰ひとりおまえが、世界中にまさかのセンセーションを捲き起こすとは、想像もしなかったよ。だが、おまえは、森林が直面している問題を全人生をかけて訴えてる人々よりよほど効果的に伝え、朝の数分で人々の関心を呼び覚ましてくれたんだ」

アタシはグルグルと喉を鳴らしはじめた。

「なんというカルマだ！」

第六章

自分自身のセラピストであれ、とは？——内面への旅

毛玉！　これ以上に不愉快なことってないの。そう思わない？

あら、ネコじゃないからわからないなんてとぼけないで。人間だって強迫観念にとりつかれることがあるはず。四六時中、自分が他人にどう見えるかってとっても気にしているんじゃないの？　洋服も靴も飾りも、それに身だしなみ全般。実用に徹するというよりは、自分をどう見せたいか、ということでしょ？

たとえば、あからさまにはしたくないかもしれないけど、最近手に入れた素敵なブランド品で異性の目を引きつけておくことやとっても難しいヨガポーズができるようになるまで練習す

ること——こういうことって、自分をどう印象づけたいかにかかっていることじゃないかしら？

誰なのか教えて。朝起きてから夜寝るまで、あなたの頭のなかを占領している人は誰？　ストレスやら心配事やらを引き起こしているその張本人は誰？　案外身近な自分の領域内にいる人。それが誰だか思いつく？　いくら熱心にカラダを舐めたり、掻いたり、グルーミングしても、自己執着の強迫観念に取りつかれて、マイナスのスパイラルから抜けだせないでいるそこの誰かさん。少しでも自信を取りもどそうと、狂気じみた努力で身だしなみを整えても、自意識の破片の山を大量摂取することになり、自分で自分を病気にしてしまっているの。文字どおり病気によ、違うかしら。

これを読むだけで不快なこぶのような塊が喉にできたのを感じる人なら毛玉がどんなにイライラさせるか、わかってもらえると思う。もしそうじゃないなら、よほど落ち着いた人ね。あなたのことを勝手に判断してごめんなさい。そういう読者は、この章を飛ばして、さっさと次に進んでもらってかまわないわ。

幼い頃に母親やきょうだいから引き離されたので、ネコとしてまったく知らないことや身についてないことがある。そのせいなの、この毛玉の初体験が、こんなにも不愉快だったのは。ベルギーの高価な砂糖菓子の箱を飾るような優美で華やかなネコにとって、重荷になっていることがある。それは、毛づくろい！　必須なの。しかも、取りつかれたように舐めても舐めてもまだ足りない。それで、また舐めるという恐怖のサイクルにたやすくはまりこむの。その結果がどうなるかを考えないということが怖い。

ある朝、書類棚に乗っていたとき、まさにこの毛づくろいの行為に必死になっていた。テンジンは何度もアタシのほうをジロっと見て、チョギャルはそばまで来てアタシの気を紛らそうとしてくれたけど、効果なし。最初に感じた疼きが、だんだんひどくなって広がっていって、とうとうやめられなくなってしまった。

急に得体の知れない感覚に襲われた。床に下りるしかなかった。オフィスの中を移動して、キキのバスケットを通り過ぎ、廊下に出ようとしたその瞬間、胃袋がひっくりかえるのを感じた。まるで身体中の内臓が外に飛びだすんじゃないかってくらい。その場でゼーゼー息を切らしてカーペットにうずくまって、全身拷問にかけられたようだった。激しいけいれんが断続的にどんどん速くなって、そしてついに、ああ、もう……いえ、詳細は省いたほうがよさそうね。

チョギャルは屈みこんでその日の新聞をつかんだ。ファッションページを取りだしてカーペットの汚れを取ろうとした。そこにはアタシが胃袋にためこんでいたおびただしい量の毛が山となっていた。アタシはこそこそと台所に逃げこみ水を飲んで口をきれいにした。それから部屋に戻ったときにはわが身に降りかかった恐怖の痕跡はすでになく、聖域の廊下には静謐な空気が漂っていた。

アタシは再び書類棚の上に戻り、深い眠りに落ちていった。嫌な気分を過去とともに葬り去るにはぐっすり寝るのがいちばんの妙薬だから。

ただし、この場合は、ぐっすり眠れるどころか、頭がおかしくなりそうな強い香りで目が覚めてしまった。あれは、まちがいなくクーロスの香りじゃなかったのかしら？　数メートル先からでもフランクが来るってわかるあの香りのことよ。でも、ここはカフェ・フランクじゃないわ！　しばらくすると、例のサンフランシスコ風の気取った抑揚が聞こえて、やって来た男はフランクにまちがいないと確信できた。

チョギャルもテンジンもオフィスにはいなかったが、扉には耳の丸いマルセルのシルエットが映っていた。すぐにチョギャルが犬の革紐をもってやってきた。眠っていたキキを揺り起こすと、首輪に紐をつけてマルセルのところに連れていった。マルセルは嬉しさのあまりシッポをビンビン振って近づこうとリードを引っ張っていた。

フランクとチョギャルは、犬たちがお互いうしろに回って匂いを嗅ぎあっている間、廊下で話をしていた。アタシは事の成り行きを眺めのいい棚の上から見ていたが、フランクはまわりのことに気をとられて、アタシには気がつかなった。数週間前にテンジンが突然カフェ・フランクにやってきたときは驚いたけれど、いまここで事の成り行きを見ていると、なぜテンジンがカフェに来たのか、その謎が解けた気がした。

フランクはいつになくめかしこんでお行儀がよかったわ。黒っぽい上着によく磨かれた頑丈な靴で正装をして、最高にＶＩＰな客がカフェに現われたときのように気を遣っていた。一方、チョギャルはいつものように落ち着いていて、キキがジョカンに来た経緯を語っていた。

男たちは犬を散歩させるために庭に連れだした。アタシは見張りよろしく、窓のほうに移り、何が起きるかを観察した。紐を外されたキキとマルセルはお互いを追いかけたり、取っ組みあって遊んだりしていた。この二匹は実にいい友だちになれそうだった。

帰ってくると、チョギャルとフランクはキキの食や睡眠など生活習慣の注意点について話しあっていた。そのとき、チョギャルがこう言っているのが聞こえてきた。「法王様をはじめ私たち一同、この件をご考慮いただければ大変ありがたく思います」

「考えるまでもありません」フランクは請けあった。「二匹は仲良くやっていけるでしょう。お引き受けできるのは光栄です」

チョギャルはキキに向かって優しく笑いかけた。「短い間だったけれど、寂しくなるね」

「いつでもまた連れてきますよ」とフランクは答えた。

そのとき、書斎のドアが開いて、法王様が姿を見せた。フランクは丁寧に形式にのっとってお辞儀をすると、ダライ・ラマは親しげに微笑みながら両手を彼の額に当てた。

「法王様、こちらがフランクです。キキの世話を引き受けてくれた方です」

「すばらしい」ダライ・ラマは両手を伸ばして両側から包みこむようにフランクの手を取った。「すばらしい慈悲の心だ」そう言うと、フランクの手首に何重にも巻かれた加持の紐に目をとめた。「たくさんのラマから祝福を受けたのですね？」

いつもどおり、フランクはこの十年間に高位のラマたちより受けた灌頂を並べ立てた。ダライ・ラマはじっと耳を傾けていたが、「どなたがあなたの師ですか？」と聞いた。

「灌頂を授かったすべてのラマが師です」と信条を復唱するかのようにフランクが答えた。

「決まった先生についてその先生の講座に出るのがよいですよ」と法王様は言った。「灌頂や経典は役に立ちますが、それよりも、役に立つのは資格のある先生の指導の下で実践することです。ピアノが上手になりたいと思ったら、いちばんいい先生を見つけてその先生にずっとついて習いたいでしょう？　仏法も同じです。実践に尽きるのです」

法王様からのアドバイスはフランクにとって目から鱗だった。少し頭を整理する時間が必要だった。ちょっと間をおいて彼が聞いた「よい先生をご紹介いただけますか？」

「あなたの先生ですか？」法王様は考えを巡らせながらフランクの左耳を飾っている金のオームの文字を見ていた。そして、やっとこう答えた。「ゲシェ・ワンポを訪ねていきなさい。このナムギャル寺におられる仏教学博士です。彼が適任です」

それからしばらくして、フランクはキキを連れてジョカンをあとにした。カフェ・フランクのあの陽気なパラソルの下でこの一連の出来事がどのように物語られるのか、興味がわいた。それに、気になったのはアタシのポジション。最新版「ヴォーグ」や「ヴァニティフェア」の間に優美さと威厳をもって座っていられるかしら？　フランクがカフェで世話を引き受けた以上、キキはダライ・ラマの犬として知れわたることになるでしょ？　アタシは、いちばんに崇拝される対象でありつづけることができるのかしら？

もうひとつ、不思議に思えることがあった。テンジンとチョギャルが、フランクが去ってから数日間というもの、ちょっとした折にお互い顔を見合わせて「ゲシェ・ワンポとはね」とつぶやいて、ガハハハッと笑うの。

アタシの疑問はすぐに解けたわ。まず、ゲシェ・ワンポのこと。一週間くらい経って、お気に入りの窓の敷居で休んでいたとき、例のフランクの髭剃りローションの匂いで目が覚めた。遠くから、まるでたなびくリボンのように匂いが風に乗ってくるの。ひっくりかえったトカゲのようなポーズで寝ているアタシの鼻先まで下の庭から届いてきた。目を開けると、案の定、フランクがジョカンの門をくぐり寺に向かってくるのを見つけたわ。

好奇心に負けて、すぐさま下の階に行き、フランクがちょうど登ろうとしていた寺の階段に姿を見せ、あたかもそこで午前中はずっと寝ていたかのように日差しのなかで華麗な伸びをしてみせた。フランクは重要な訪問の折にアタシに会って安心したようで、かがみこんで撫でてくれた。

ゲシェ・ワンポが寺から現われたのは、それからすぐだった。五十歳前後で、背が低く丸顔のずんぐりとした体形もさることながら、その姿からは憤怒尊（髪が逆立ち、火炎を背負い、怒りの表情をしている仏のこと）を思わせるような特別な力が醸《かも》しだされ、威厳があった。彼が出てきた瞬間、ダライ・ラマがフランクの先生にゲシェ・ワンポを選んだことで、なぜテンジンとチョギャルがあんなに面白がっていたかがわかった気がした。フランクにつきあえるこれ以上の適任者は思い浮かばないだろう。

フランクが自己紹介をすると、その時点ではゲシェはまだ笑みを浮かべていた。「私を弟子にしていただけないかと思っておりますがいかがでしょうか？」とフランクはお願いした。クーロスの香り、金色のオーム文字のイヤリング、黒づくめのタイトな服装はこの場合いかにも不似合いに思えた。

「火曜の夜の私のクラスに来ることができますよ」とゲシェ・ワンポは言った。「この人を自分の先生と決めるまでには、その人をよく知ることが大事です」

「法王様ご自身が、ゲシェをご推薦下さったのです」とフランクは主張した。

「たとえそうでも、私の教え方が好きになれないかもしれない。みなそれぞれスタイルが違うし、気質も違います」ゲシェ・ワンポはまるで彼を思いとどまらせようとしているかのようだった。「決める前にひとまず時間をおいて考えてみるのがいいかもしれない。ひとたび誰かを先生に決めてしまうと」と言いながらゲシェは指を振り「否が応でもその先生の言うことに従わなくてはならない」と続けた。

そう言われてもフランクはひるまなかった。「法王様があなたを推薦なさったということだけで」とうやうやしい調子で「十分なのです」と言った。

「わかった、わかった」ラマは賛同するしかなかった。うなずきながらこの新しい弟子の手首に目をやり、こうつけくわえた。「あなたはもうすでに灌頂をいろいろ受けているようだな。誓願を立てたことで、多忙なことだろう」

「誓願といいますと?」

「灌頂を受けるとき、誓っただろう?」

「誓った?」

ゲシェ・ワンポは眉をひそめた。「修行をしたくないのであれば、なぜ灌頂を受けるのかね?」

「知らなかったのです……」フランクがこんなに気弱に見えたことは今までなかった。

「どの灌頂を受けたのかね?」

フランクはいつもどおり記憶を巻き戻して密教の灌頂を受けた日付とラマの名前を告げたが、

今回ばかりは、今までにない語り口だった。嘘っぽさで固めた大げさなショーではなく、灌頂の名称を順番に並べているだけで、まるで自分の無知と怠慢、勉強不足を白日のもとにさらしているようなものだった。

彼が言いおわったとき、ゲシェ・ワンポは一瞬厳しい視線を投げかけたが、すぐにカラカラと笑いだした。

「どうなさったのですか？」フランクは聞いた。ラマにからかわれる対象となってしまったことはわかっていた。

「あなた方、西洋人は！　なんとも……」とゲシェは笑いをこらえながら「おかしすぎる！」とやっと言葉が出た。

「そうでしょうか？」とフランクは肩を丸めた。

「いいですか、仏法は内面の旅です」とゲシェは自分の胸に手を当てて言った。「あなたが仏教徒かどうかを問題にしているのではありません。仏教徒らしい服を着ることや、自分は仏教徒だと信じていることが重要なのではないのです。仏教徒とは何でしょう？」ゲシェは西洋人がよくするように両手を広げるポーズをした。「仏教徒というのは単なる言葉、単なるラベルにしかすぎません。中身が本物でなければ、ラベルの意味があるでしょうか？　偽のロレックスのようなものです」ゲシェはいたずらっぽい視線を投げかけた。

フランクは居心地が悪そうだった。

ゲシェは左右に指を振り「ナムギャル寺では、偽のロレックスはいらないのです。欲しいのは本物だけです」と言った。

「あの、この加持の紐はどうすればいいでしょうか？」とフランクは沈んだ声で聞いた。

「あなたが決めることです」とゲシェは言い放った。「それはあなたにしかわからない。というよりも、ほかの人が口を出せることではないのです」新しい生徒が考えこんでしまっている様子を見て、ゲシェはフランクの腕をグイっと引いて「さあ、寺のまわりを歩きましょう。ちょっと足のストレッチをしたほうがいいようです」

二人は連れだってその場をあとにした。これから寺を時計回りに回るのだ。アタシは二人のうしろからついていった。ゲシェはフランクがどこの生まれかを聞いていた。フランクはカリフォルニアで生まれ育ち、旅が好きであちこち巡っているうちにダラムサラにたどり着き、予期に反してカフェ・フランクを開くことになった話を始めた。

「私は仏教に引っ張られているように感じるのです」とフランクはラマに言った。「高僧から灌頂や加持を受けることが大事だと思っていました。瞑想もしなくてはならないとはわかっていても、私の人生はとても忙しい。師から学ぶ必要性がわかっていなかったのです」

フランクの気持ちを聞くとゲシェは手を伸ばし、彼の手をしばらくギューッと握っていた。

「新しいスタートを切って、今から学ぶことにしよう」とゲシェは提案した。「四つの真実、四《し》諦《たい》（苦集滅道の四つ）を知っているかね？」

フランクは逃げ腰だった。「聞いたことはあります」とだけ答えた。

「お釈迦様が悟られたあと、最初に教えられたのがこの四諦なのだ。仏教を理解するにはふさわしい最初の教えだよ。ブッダはね、病気になったときにかかりに行く医者のようなものだ。まず最初に医者は症状を見る。それから、容態の診断を下す。そのあと、治すために予測を立てる。最後に、薬を処方する。ブッダは、人生について熟考して、医者と同じように四つの段階を踏んだのだよ」

フランクは注意深く聞いていた。「何が同じだと気がつかれたのですか？」

「一般的に言えば、大変な苦しみを見たのだ。この苦しみをサンスクリット語ではドゥッカというが、意味はちょっとした不快感から、肉体的、感情的、そして両方の酷い苦しみのことまでを含む。ブッダは人生は苦しみだ、と悟られたのだ。苦難の道であり、ストレスも多い。本来の自分であることが難しい、と思われたのだな」

フランクは深くうなずいていた。

「こうした苦しみの原因はいろいろだ。私たちが生まれたということは、死に直面するということだ。病気にもなるし、老いも避けられない。無常、つまり、変化も苦しみのもう一つの原因となる。欲しいものを手に入れたと思ったとたん」とゲシェは指をパチンと鳴らした。「苦しみがはじまる」

ゲシェは続けた。「だが、苦しみの本当の原因、根本の因は、モノの在り方をまちがって理解していることろにある。対象物や人を、私たちから独立して存在していると思っている。そうしたものには特性や特質があり、それによって魅了されたり、拒絶するのだと思っている。すべては私たちの外側で起きている出来事で、私たちは単にそれに反応しているだけだ、と。まるですべてが外から私たちに向かってくるのだと捉えている」

二人が無言のまま数歩ほど歩いたところでフランクが聞いた。「なぜ、そのように見ることがまちがいなのでしょうか?」

「その理由はだね、よく見て調べてみると、人にもどんな対象物にも実体がないからだ。私も含めてね。自分自身の心から離れて独立して存在するものなど一つもないのだ」

「あなたが言っておられる意味は」とフランクは語調をいつもより早めて「外には何も存在しておらず、すべて私たちが作り上げている、ということですか?」

「そうではない。しかし、そういう誤解を人々はしてしまう。今言った微細な真理を〈縁起〉と呼ぶ。これを理解するには相当な勉強と瞑想が必要となる。しかし、これはもっとも重要な概念なのだ。これがわかれば、人生が変わりはじめるからだ。量子物理学の科学者が言ったように、ブッダが教えられたのは、モノの存在のありよう、つまりどのようにモノは顕現しているのか、ということで、ある面では私たち自身の心に依っている、ということになる。これは、ブッダが教えられた三番目の真理で、この智慧は私たちの未来を開いてくれるものだ」

「それは、自分の心をどうにかすることができるからですか?」フランクは先を急いだ。

「そうです、そうです!」ゲシェは元気よくうなずいた。「もし、すべての苦しみが外側からのものなら、どうにかすることなど不可能だろう。しかし、心のなかで生じていることなら、何とかすることができる。そこで、四番目の真理が処方箋だ。つまり、精神的な問題にどう対処すればいいか、ということになる」再びゲシェは、どうだい、わかるかな、という笑みを浮かべてフランクを見た。

ところがフランクはラマの説明に夢中になっていて、ラマの態度に腹を立てることはなかった。「その処方とはどういうものですか?」フランクは知りたがっていた。

「すべてのブッダの教えです」とゲシェは答えた。「ブッダは八万四千の教えを授けた、と言われている」

「それが仏法ですか?」

「そうです。仏法の意味を知っているかな?」

フランクは肩をすくめながら言ってみた。「ブッダの哲学ですか?」

ゲシェは頭を少し傾けながら「広い意味では、そうと言える。仏教では、仏法とは苦しみを終わらせるドゥッカの終滅と捉えて〈苦を滅すること〉と考える。これが、ブッダの教えの目的なのだ」

歩きながら話していたゲシェは立ち止まった。寺の裏の大きな木が二人を傘のように覆っていた。あたり一面に木の葉が舞い落ちていた。

「そういえば、あるときブッダに宇宙について謎めいた質問をした人がいた。その答えが興味深い」ゲシェは屈みこむと葉っぱを手のひら一杯にすくって見せた。「ブッダは弟子にこう聞いたんだ。『私の手のなかの葉っぱと、まわりの森の地面に落ちている葉っぱと、どちらが多いか?』弟子は、『森の地面です』と答えた。するとブッダの答えはこうだった。『私の手のなかの葉っぱは苦しみをなくす智慧の象徴だ』と。このように」ゲシェは手を開いた。葉っぱは地面にひらひらと落ちていった。「ブッダの教えの目的ははっきりしていた」

二人はまた歩きはじめた。「八万四千もの教えがあるのでしたら、どこからはじめるのがいいのですか?」とフランクは尋ねた。

「ラムリンからだ。これは悟りに向かう階梯のことだ。この第一段階からはじめるとよいだろう。どういうものかというと、自分の考え方の癖に自覚的になることができ、ネガティブなパターンの考え方を、ポジティブなものに置き変えていくことができる」

「心理学のようですね」とフランクが言った。

「そのとおりだ! ラマ・イエシェという方は西洋にチベット仏教を最初に伝えたラマの一人だが、よくこう言っておられた。『自分自身のセラピストであれ』とね。このタイトルで本も書かれた」

しばらくの沈黙ののち、フランクが聞いた。「千里眼のラマもおられるというのは本当ですか?」

ゲシェは厳しい顔つきになった。「なぜ知りたい？」

「どうなんだろうか、と思いまして……私は自分のどんなネガティブなところを直していけばいいのかな、と」

「それを知るために、千里眼である必要はないだろう」

ラマはキッパリと言った。

「そうなんですか？」

「誰にとっても、抱えている問題の根本はおなじだ。ただ、違ったあらわれ方をする。私たちの根本問題は、誰もが〈アイ〉スペシャリストだということだよ」

フランクは〈アイ〉の意味がわかっていなかったのでこう言った。「しかし、観想法については、私はなにも知らないのですが」

「目〈EYE（アイ）〉ではないよ。自分、私〈I（アイ）〉のことだ」

「ああ、なるほど」

「人は四六時中、自分のことを考えつづけている。そうすることで自分が不幸になったり、イライラすることになってもだ。自分のことばかりを考えすぎると、病気になる。私たちは常に、朝も昼も夜も、自分の内側で〈私、私、私〉とつぶやきつづけている。逆に言えば、他者の幸せのことを考えることができるようになればなるほど、自分自身ももっと幸せになれるのだ」

フランクはこの話を聞いてがっかりしているように見えた。「私のような人間には、あまり希望がなさそうですね」

「なぜかね？」

「私はレストランの仕事がとても忙しい。休みもとらずに毎日朝早くから夜遅くまで働いています。ほかの人を幸せにしたいと考える時間などありません」

「私に言わせてもらえば、あなたは恵まれているぞ！」とゲシェは言いかえした。「他者の幸せ、というものは抽象的な概念ではない。何も山のてっぺんに登ってこのことについて瞑想しなくてもいい。自分の家庭や職場で、人生をともにしている人々や生きものがいっしょにいる環境ではじめればいい。店のお客さんでもいいのだ。思いやりの心を育む機会と考えればいい。コーヒーを提供するなら、コーヒーだけを出すのか、笑顔もいっしょに提供するのか、ということだ。店にいる間に、お客さんたちにひととき幸せを感じてもらえることでいいのだ。

つまり、あなたは、彼らの人生のなかで重要な人物というわけだ。彼らを幸せにするパワーがあるということだ。惨めな気持ちにさせてしまうのも、あなた次第だ」

「そのことには、気がつきませんでした」フランクは言った「仏教徒でありながら、ビジネスでお金を儲けることもできるということですね」

「もちろんだとも！　すべてがダルマの一部なのだ。ダルマはすべてを含んでいる。あなたの仕事、家族、すべてだ。仏教の修業をはじめたばかりのときは、山頂に落ちる雫のようなものだ。雫は流れになり、ほんの数センチ平方メートルばかりの緑を潤す。しかし、仏教の修行を深めていくにつれ、流れはほかの流れとも合流してさらに大きな水流となっていく。流れはときに滝となり、あるいは地下水となり、ときに弱まることもあるが、やむことなく流れつづけ、力を増していく。ついには、広々と力強い大河となり、人生のあらゆる側面の中心となる。自分は仏教を修行することで、日々成長していると考えてみてほしい。日々ほかの人々に、より多くの幸せを届けている、そして、もっともっと自分も幸せになっていると」

数日後のこと、秘書室の書類棚に座っていると、あのチクチクする感覚に襲われた。舐めずにはいられない激しい衝動にかられて、毛づくろいをはじめたけど、毛玉が喉にひっかかったときのあの恐ろしい経験と同時に、ゲシェ・ワンポの言葉を思いだした。そう、「自分自身のことに集中しすぎると病気になる」というあれだ。自分よりも、ほかの生きもののことを考えなさい、というゲシェのアドバイスもいっしょに思いだしていた。しばらくして、毛づくろいをなんとかやめて、書類棚からとび降りた。

テンジンは眼鏡をかけてダライ・ラマから英国首相宛てのメールに没頭していた。チョギャルは法王様の東南アジアへの旅の最終調整に余念がなかった。

アタシはミャーオと甘えた声を出し、チョギャルのキーボードを触っていた手に前足を乗せ、そっと押した。

　秘書は二人して顔を見合わせた。チョギャルがためらっていたので、その手の甲を心から舐めてあげた。

「かわいいスノーライオンちゃん、いったい全体どうしたんだい？」アタシの愛情表現にチョギャルは驚いていた。

「ありえない」とテンジンは反応したが、すぐに気がついて言った。「さっきも舐めていたよね。知っていたかい？　もしかしたら、毛が生えかわるときなのかもしれない」

「気づかなかったよ。けど、なんとかしてやれるかも」と身体をうしろに引いて机の引き出しを開けた。彼は引き出しから、クシとブラシの入ったポーチを取りだした。それから、机に乗っていたアタシを抱き上げて、外の回廊に連れだした。そこでアタシのモシャモシャの毛皮を梳《す》いてくれた。ひと梳きごとに大量の毛が房となって抜けていった。

　アタシはもう気持ちよくてゴロゴロ喉を鳴らしていた。背中、両脇、それに豪奢で真っ白のふわふわとしたお腹、と順番にブラッシングされている間ずっと気持ちよくて十分以上ゴロゴロしてたはずよ。チョギャルは毛のもつれを丁寧にとってくれて、アタシのしなやかなカラダは光沢を帯びた絹のように光を放っていた。こんな歓びを味わったことはなかった。仰向けにころがって目を閉じるとこんなふうに思えてきたの。もしこれがほかの生きものを幸せにしたいと願うことへのご褒美なら、いくらだってそうするわ。

フランクがキキの里親になってゲシェ・ワンポとの面談に来てから二、三週間が過ぎ、アタシはカフェ・フランクの状況が気になっていた。マルセルとキキは今では決まって共に行動し、カウンターの下のバスケットでもいっしょ、散歩もいっしょだった。キキはすっかり変わった。細長い毛でおおわれた痩せた姿は、快活で茶目っ気のある生きものに生まれ変わっていた。

でも、アタシに対する扱いがとくに変わっていなかったので、ホッとしたわ。相変わらずリンポチェと呼ばれ、ダライ・ラマのネコとしての地位を保っていたし、家の中でいちばんいい棚を居場所にしていたし、その日の気のきいた一皿からいちばん美味しいところをもらっていた。

ところが、フランクの変わりようは見過ごせなかったの。寺のまわりを回ってから、次に見かけたときは、オームの文字をデザインしたあの金のイヤリングをつけていないのにすぐ気がついた。手首を見ると、加持の紐もなかった。ゲシェ・ワンポが言った偽ロレックスのたとえを真剣に受け止め、実行は困難でも本物のほうを選ぼうとしているのはあきらかだった。

毎朝、以前よりも三十分遅く店にやってきた。早朝の三十分を瞑想に使うようになったからだ。一日中、野球帽をかぶるようになった。最初、なんでだろうと思ったが、頭を掻くため帽子をとったとき、縮れ毛が層になって重なっているのを見た。そして次第に髪の毛が伸びてくると以前からのフランクの特徴は色あせはじめた。仏教徒だからこうだ、とか、仏法だとこうだ、というあれこれがどんどん少なくなっていた。アタシがダライ・ラマのネコだってこともめったに客に言わなくなったし、カフェ・フランクの家族として新しくやってきたキキの素性については一度だって話さなかった。カルマの働きは不思議としかいえないが、フランクの変貌は起きるべきときに起きた。

ある日の午後、真面目そうなカップルがカフェにやってきて、ランチのメニューを頼んだ。灰色に近い茶色の服を着ていて、極めて地味で禁欲的な匂いがした。インドを旅行中のよくいる西洋のインテリといったところか。男のほうは、アメリカのどこかの大学で原始仏教を講義するようなタイプ、女性のほうは、アサンガ・ヨガを教えているか、代替医療センターでヴィーガンのシェフをしているのかもしれない。食事をよく嚙んで味わっているところを見ると、カフェ・フランクでの体験を真剣な修行とみなしているようだった。

一時間半かけて食事を終え、デザートも胃袋に入り、コーヒーカップもそろそろ空になる頃、男が右手の人差し指を力強く突きだしてフランクを呼んだ。男がフランクと話をしたのはこれが最初ではなかった。メインコースを選ぶ際に、根掘り葉掘り聞いていたが、フランクは新たに身につけた丁重さで忍耐強く対応していた。

「きちんと自己紹介させていただこうと思いましてね」と教養のあるニューイングランド訛りで言った。「『ヘイダーのグルメガイド』のチャールズ・ヘイダーと申します」

フランクは驚いたどころではなかった。超ヤバかった！『ヘイダーのグルメガイド』と言えば地球上でもっとも信頼を集めており、地上の隅々までいきわたっていて、広く読まれている。まさにレストランの運命を決めるほどのガイドなのだ。

フランクはだしぬけに、「私どものところで食事をしていただき光栄です」というようなことを言った。

「カフェ・フランクのことはニュー・デリーの友だちから聞きました。ご相談したい件がありますす」ヘイダーはこう言うと、同意を求めるように妻のほうを見た。彼女は賛同の笑みを浮かべた。「今日いただいた食事は絶品だったと申しあげたい。どれもこれもです！　今まで食べたなかで、この地方いちばんと申しあげても過言ではありません。ニューヨーク・タイムズのインド版に推薦記事を書かせていただきたいと思っています」

フランクは感激のあまり、事の成り行きに圧倒され、人生で初めて言葉を失った。

「ただ一つだけ、失望した点があったのですが」とヘイダーはこれまでよりも秘密っぽく言った。「こちらの店の総責任者は大変な仏教マニアと聞いていたのですが。私の聞きまちがいでしょうか？」

フランクは加持の紐が巻かれていない自分の手首を見ながら、一瞬、言葉に詰まった。「いえ、聞きまちがいではありません。昔はそうだったんです」

「ああ、では、模様替えでもされたんですね？」

「外側だけのことではないのでして」とフランクはほのめかすように言った。

「もちろん、そうでしょうね」ヘイダーは調子を合わせ「お店の雰囲気が変われば、お客さんの気分も変わりますからね」と言って口元をゆがめて皮肉っぽい笑いを浮かべた。「私としては仏教カフェの批評ができず残念です。ま、そういうことなら、百パーセント好意的な記事を書かなくてはならないでしょうね」


読者のみなさん、仏教の高僧から、たった一回の教えを聞くだけで、人やネコが自己愛という病気から永遠におさらばすると想像するなんて、ばかげているわ。おそらく、あらゆる妄想のなかでも、自己執着ほど狡猾に姿を隠すものはなく完全に視界から消えてしまうようにすら思えるの。これをあきらかにするのは、肥大化させてもとの姿を見るしかない。

アタシはまだ最後の毛玉を吐きだしていなかった。

フランクもだ。

それでも変化はあった。目指す方向性が変わったのだ。そして、数か月先にはカフェ・フランクが面白いほどに変わってしまっているのにでくわすことになるのだった。

第七章
前世がネコであった読者のみなさんへ——無常ということ

あなたは習慣の生きもの？　食器棚のコーヒーマグのなかでも、とくに自分用のお気に入りのマグがある？　どれでもいいってわけじゃなくて？　自分なりの儀式めいた生活習慣を作ってきたかしら？　たとえば新聞をどこから読むかとか、夜のワインの楽しみ方とか、身体を洗う順番とか——こういうことが決まっていると、人生への信頼が生まれ、安心して生きていられると思わない？

もし、答えがすべてイエスなら、この厳粛な調査によれば、あなたは前世でネコであったはず。そして、アタシにとっても、イエスだった人にとっても、これに勝る栄誉はない。

アタシたちネコ族は、どんな種族よりも、習慣を愛している生きものなの。日向ぼっこ、お食事の時間、身を隠す穴、爪とぎの柱……こうしたことにとくに配慮が行き届いていてこそ日々の満足が得られるの。多くの人は何の疑いもなく機械的に日常生活を送っているので、アタシたちの家をシェアしてあげてもいい。ネコ族のためのスタッフとして自由に家にいてもらっていいと思っている。

もちろん、たまには突拍子もないことが起きればそれはそれで楽しいわ。そうでなければ、人生って退屈で困ってしまう。たとえば、ミセス・トリンチが焼きナスのラザニアを大きなお盆にのせて意気揚々とジョカンにやってきて、まだ食べたことのない美味にありつける日とか、カフェ・フランクでの朝のちょっとしたお愉しみがないと。この間は、アジア人っぽいおじさまが、朝食に頼んだトーストを苦心して小さく切って、そのかけら一つひとつにバターとマーマレードを塗って、おもむろにお箸で食べていたの。

こうした小さな出来事は気晴らしにはもってこいなの。でも、もっと大きな出来事が心地よい生活パターンを脅かすようになると、それはまた違った問題。つまりね、アタシが言いたいのは「変化」についてなの。ダライ・ラマが好んで話すテーマ。人生は変化の連続、それだけは変えようがない事実、これは、ブッダ自身も言われていたこと。

ネコにしても人間にしても、変化は自分には関係のない他人事だと思ってるのがほとんどではないかしら。でもね、残念ながら、変化からは逃げるすべがないの。今の生活が今までの慣例や習慣どおりにそのまま続くと思いこんでいるでしょ。そんなときよ、出し抜けに予想外のことが起きるのは。つながれていた闘牛が鎖を解かれて——闘牛ではなくてもっと悪魔的なそれっぽい生きものでもいいんだけれど、突然道に飛びだしてきてあなたの前に現れるようなものなら、もうハチャメチャなことになってしまう。

アタシなりにこの真理についての発見があったのは、何事も起きそうにない穏やかな朝のこと。いつものように法王様のそばでいっしょに瞑想をしていた場所から離れ、何の疑いもなく秘書室にぶらぶら入っていったの。前もってなにも知らされていなかった。その日も、一日はなんの変わりもなく始まった。いつものように電話のベルが鳴り、打ち合わせがはじまり、法王様を空港まで送るために運転手が到着した。法王様がヨーロッパ七か国を訪問されるので二週間留守にするのは知っていた。ジョカンで暮らしはじめてからの八か月間、法王様は頻繁に海外にお出かけだったので、旅行はいつものことだと知っていたの。出かけたあとは、いつも以上にスタッフが気を遣ってよく世話をしてくれていた。いつもは。

ところが、今回はいつもと違ったの。その日の朝、平穏さを切り裂くように二人の男がペンキが飛び散っているオーバーオールでオフィスに現れた。チョギャルはいつもアタシが法王様とくつろいでいる場所にまで案内した。そこで彼らはすぐさま梯子を組み立てて、床をビニールシートで覆いはじめたの。

恐ろしく美観を損なう作業があっという間に進行した。写真やタンカは壁から降ろされ、カーテンは窓からはずされ、家具はキャンバス地で被われた。アタシの大事な聖域は、ものの数分もしないうちに見る影もないカオスへとなり下がってしまった。

チョギャルはアタシを抱き上げてくれたので、安心させてくれるのだろうとばかり思っていた。この大騒ぎについて謝ってくれて、ペンキ屋はすぐに出ていき、アタシの居場所はすぐにもとどおりになると確約してくれるのだとばかり思っていた。ところが、事態はもっと悲惨なこととなった。

彼はアタシをオフィスに抱いて戻ると、自分の机の上に用意していた見るも恐ろしい木のケージにアタシを閉じこめたの。ケージは粗削りで、身体の向きを変えることもできないくらい小さかった。抗議しようと思う間もなく、金属製の格子のふたを閉めて、そのまま階下に持って降りた。

激しい怒りか恐怖か、どちらを強烈に感じたのかわからないくらいだった。最初は激しい怒りがあった。これって、「子ネコさらい」じゃないの！ よくもこんなことをしたわね！ アタシが誰なのかを忘れたの？ まさにこの瞬間、法王様に彼は背いたのだ。いつもなら、誰よりも心優しいチョギャルが！ どんな悪い奴の影響を受けたのか。法王様がこれを知ったなら、ただちにこんなことを終わらせるだろう。

チョギャルはナムギャル寺の中を通っていった。そこはアタシもよく知っているところだった。それが、いつのまにか通ったこともない道を連れていかれていた。彼は歩きながら、何も困ったことは起きていない、とでも言うかのように口のなかでもごもごといつものように気楽そうにマントラ（仏に対する短い祈りや賛歌）を唱えていた。誰かに出会うたびに立ち止まっては、二言三言会話をし、何度もケージを掲げては、アタシを動物園の珍しい生きもののようにかざして見えるようにしていた。ケージの板と板の隙間から、怒り狂って睨みつけても、目に入るのはお坊さんの紅《あか》い衣とサンダルだけだった。激しく襲いかかって、メチャメチャに爪でひっかくことができるなら、もちろんそうしていたわ。

チョギャルはさらに先へと進んだ。そして、突然、前にも同じようなことが起きたのを思いだした。このアタシにではなく、歴史的にそういう時代があったという意味よ。育ちのいい上品な人々が家からもぎ取られるように無理やり吹きっさらしの悲惨な未来へ連れ去られたことがあった。ヨーロッパの歴史を専攻している学生なら、アタシがフランス革命のことを言っているとわかるはず。

今ここでアタシの身に起きてることがまったくこれとは違うなんて言いきれるかしら？　あの穏やかなチョギャルが、どんな魔法で邪悪なチベットのロベスピエール（フランス革命の代表的指導者）に変身させられたの？　チョギャルがケージの中に閉じこめられたアタシをみんなに見せていたのって、不運な貴族たちがパリの街を車で引きまわされてぞっとするギロチンへと向かわせられたのと似ていない？　ギロチンのことは、つい一週間前にテンジンが昼時にサンドイッチをムシャムシャ頬張りながら話していたので知っていた。身の毛がよだつとはあのことだ。

そう思うと、急に怖くなった。チョギャルが一歩一歩知らないところへアタシを連れていくにつれ、どんどん恐怖心が大きくなった。この先に待ちかまえているのがギロチンじゃないとしても、ここに至ってはじめて、これがまちがいじゃないとしたら、という考えが頭をよぎった。もしこの計画をダライ・ラマが承諾済みだとするなら？　もし法王様が遠回しに発言した内容を、秘書が勝手にこれ以上アタシをおそばに置いておくのはいかがなものか、と勝手に解釈していたとしたら？　法王様のネコからただのマクロード・ガンジの飼いネコに格下げされたらどうすればいいの？

ずいぶんと荒れた地帯に入ってきた。森の樹の切れ目から、泥道と空き地のような庭が見えた。ツンとした臭いが鼻を突き、子供らの泣き声が聞こえた。チョギャルは脇の泥道に入り、汚れたコンクリートの建物に向かった。もっと進むと、そこはドアが並んでいる外廊下で、半開きになっているドアもあり、大家族が床に座って食べものの皿を取り囲んでいるのが見えた。

アタシを捕らえた男は服から鍵を探しだし、ドアを開け、中に入り、ケージを床に置いた。「楽しい我が家」と男は楽しげに口ずさみ金網格子を開けて、アタシを取りだし小さな震える身体をあきらかに彼のものとわかる羽根布団の上に置いた。「僕といっしょにいるんだよ、ダライ・ラマのネコちゃん、室内改装が終わるまではね」と彼は言った。その一言は、ある意味アタシを打ちのめしたわ。だって、アタシには今までに味わったことがないくらい悲惨で辛い体験をさせておきながら、彼にとってはたった二十分歩いてアタシを連れてきたというだけのことだから。「ま、一週間くらいのことだからね」

何ですって、まるまる一週間も⁉

「どこもかしこも塗り替えるんだ。壁も天井も、窓枠も、ドアもね。作業が終われば、まるで新品同然さ。その間、僕と休暇をとってると思えばいい。それに僕の姪《めい》っ子のラシャが面倒を見てくれるからね」

十歳くらいの、目つきが鋭くて指の汚れている女の子が外からやってきて床に膝をつき、まるでアタシが難聴で頭も悪いかのように甲高い声でしゃべりはじめた。耳をうしろにペタリと倒し、しっぽを引きずりながら、ベッドの枕のほうに逃げるようにヨロヨロと行き、羽根布団の下に潜りこんだ。少なくとも、布団からはチョギャルのなじみ深い匂いがした。

暗闇に身を委ね、アタシはやっと安らいだ。

眠れるだけ眠り、三日が過ぎた。本能に従い必要最低限のことだけをして、悲惨な毛玉まみれだけにはならないようにも気をつけた。
チョギャルは日中はほとんど仕事に出かけていた。ラシャは、アタシをからかって遊ぼうとしたけど、反応がないのですぐに飽きてしまい、気まぐれに様子を見にくるだけになった。

徐々に、まわりの家族の生活音や料理の匂いにも馴れてきた。薄暗がりのなかで半分寝てるような半分起きてるような状態の三日間が続き、やっとこう思った。退屈した、と。

それで、四日目に、ラシャが午後遅くにやってきたときに羽布団から抜けだして、初めて床の上にとび降りた。事の成り行きで、偶然に新しいゲームを発見した。ラシャの右足にスリスリすると、彼女の右足の親指がアタシの左耳の内側に滑りこんできたの。彼女の左足の親指は床についていた。そのまま親指をくねくねさせて、すばらしい耳マッサージを即興でしてくれた。自分でも知らないうちにありがたくて喉がグルグルと鳴った。ダライ・ラマもスタッフも足の親指をアタシの耳の中に入れることはなかったので、こんなに気持ちいいものとは知らなかった。右耳に続いて左耳もマッサージしてくれた。薄目を開いて見上げると、ラシャはクスクスと笑っていて、このときにはじめて思ったの。どこにいたって幸せになれるということを。

ドアから廊下に出てみた。ラシャは世話係のつもりになってついてきたので、ためしに建物の裏に回ってみようと思った。すぐ隣の部屋では、女の人と三人の子供たちが床に座り火にかけた鍋の中をかき混ぜながら、わらべ歌のような曲を口ずさんでいた。今まで三日間、この家族の様子は音だけでしかわからなかったので、ちょうど料理らしきことをしているところにさしかかったこともあり、どんな人たちなのか見たくてたまらなくなった。いろいろ大げさに想像していたのと違って、思っていたより小さく見えたし、案外普通だった。

アタシのことが目に入った瞬間、彼らは手を止めて、アタシをじっと見つめた。アタシがここにやってきたという噂は廊下の隅々にまで知れわたっているに違いない。ダライ・ラマのネコが目の前にいる、というだけで彼らは畏敬の念に圧倒されたのかしら？　そうに違いないと睨んだわ。

結局、八歳くらいの子供が動いた。鍋からつやつや光る柔らかそうな肉の脂身を取りだしてフーフー吹いて冷ましてから、アタシに持ってきた。こわごわ臭いを嗅いでみた。カフェ・フランクのミディアム・フィレとは似ても似つかなかった。でも、おなかがすいていたし、変に食欲をそそる臭いだったの。その子の手から肉を口に入れ目をつむって嚙んでいると、じわっと旨味が広がって、バカにできないくらいの美味しさだった。

そこを出て、裏庭——むきだしの土が広がる荒れ地——を突き進むと一・五メートルほどの高さの壁があった。壁の上にとび乗ってみると空き地の向こうに遠くまでサッカー場が広がっているので驚いた。十代の子供チームが砂ぼこりのなか、麻紐でしっかりと結ばれたぐちゃぐちゃのビニール袋から奪いあいをするようにボールを取りだしていた。それでわかった。羽根布団に潜っていたときに聞こえてきた騒がしい叫び声は、これだったんだと。

ラシャはアタシの横に腰をかけて、壁に足をぶらぶらさせていた。彼女は選手のことを知っているようで、ときどき、すごい声をあげて応援していた。その隣で、アタシはゲームの展開を見物していた。生まれてはじめてのサッカー観戦だった。ジョカンでの動きの少ない生活に比べると、ワクワクするほど魅力的だった。

夕闇が近づいていることなど、まったく気がつかなかった。まわりを見渡すと家々にはろうそくやランプが灯されていた。夕暮れの風にのっていろいろな料理の匂いが漂ってきた。皿が触れあう音、笑い声、喧嘩の罵声、水を流す音、テレビの音も聞こえてきた。アタシがいつも好んで座っている場所、つまりダライ・ラマの部屋の窓の敷居のことだけれど、そこから見る風景、聞こえる音とはまるっきり違っていた。でも、ここには、生活のいきいきとしたエネルギーがむきだしのままあって、それが嫌いじゃなかった。

太陽が地平線を滑り落ち、空はだんだんに暗くなっていった。ラシャがアタシを残して家に帰ってからだいぶたっていた。長いこと壁の上に座っていたので、立ち上がろうとしても、前足が胴体に縫いつけられたような感覚だった。

このときだった。建物の横に動きを感じた。何か流れるような影が大きなドラム缶の下へとスーッと動いた。ネコだわ！　それもただのネコじゃない。とても大きくて男性的。はっきりとした黒っぽい縞模様がある。もう疑う余地はなかった。最初に見かけたのは、お寺の境内を横切っていたときだ。あの壮麗なトラネコにまちがいない。あのときは、露店の緑の光で照らされていた。彼はどれくらい長い間ドラム缶の上に座ってアタシを見張っていたのだろう。でも、アタシを見張っていたことは確かなんだから、アタシに興味があることに疑いの余地はないわ。

彼は荒れ地の裏庭を横切っていき、アタシを完全に無視した。まるでアタシなど存在しないかのように。これほどはっきりと無視できるものなの？

急に落ち着かなくなった。表面的には誰の目にも、静かに壁の縁に座っているネコに映っただろう。けれど心のなかはめちゃくちゃざわついていた。主の風格でトラネコが裏庭を横切っていった様子を見れば、ここが彼の縄張りであることはあきらかだった。ジョカンあたりまで来ていることからすると、ネコ社会でも相当の地位にあるにちがいない。当然だわ。サバトラ模様は高貴な身分を示しているもの。それにしても、彼がテリトリーをこれほどまで広げていたのは感動的だわ。

そして、アタシに誘いをかけている！

彼がもう一度戻ってくると信じていた。今晩中によ、もちろん。そうに決まってるわ。でも……明日だったら？

しばらくしてチョギャルが仕事から戻ってきたとき、ラシャは彼の手をつかんでアタシが座っているところまで連れてきた。

「外にいたんだね、会えて嬉しいよ、ダライ・ラマのネコちゃん」アタシを抱き上げると喉を撫でて言った。「普通の生活に戻ろうね」

その言葉を聞きながら、いろいろな思いがよぎった。普通の生活なんかに戻れっこないでしょ。

次の日、ラシャが午後にやってくるのが待ち切れなかった。その日、アタシの豊かで白い毛が魅力的なきらめきを放つように、午前中はずっとグルーミングに励んだ。耳はどこから見てもカッコよく、ひげは微光を放って陽炎《かげろう》のように揺らめき、美声が出るように練習もした。ゆっくりのアダージョではなく、いきいきと速いアレグロになるよう。そう、あのドボルザークの協奏曲のように。

ラシャがドアを開けるとすぐさま外に飛びだし、あたかもいつもの場所に偶然にいたかのように見せたくて壁の上に戻った。このときも、下の広場ではサッカーの真っ最中だった。背後の建物からは、もうすっかり慣れ切った生活音が聞こえてきた。ラシャはそばに座って教科書を読んでいたけど、数分もすると建物の中に戻っていった。

すると、目をかすめたものがあった。彼だ！　その影は大きなドラム缶の上に現れた。起き上がると、アタシはまず前足を伸ばし、次にふさふさとした背中をおもむろに反らせ、それから壁からとび降り、建物の中に戻るような風情で歩きはじめた。

アタシの行動が功を奏し、願ったとおりになった。憧れの彼氏は、ドラム缶から音もなく滑るように降り、お互いがすれ違うことをもくろんで、速度を考えて歩いていた。ここぞという距離まで近づいたとき、お互いに立ち止まった。このとき初めて、琥珀色に燃える両の目をまっすぐに見つめた。

「前にどこかで会ったことがなかったかい？」彼は聞いてきた。

アタシたちの出会いは、歴史上もっとも陳腐なセリフで幕を開けた。

「ないと思うわ」軽い女と見られないように、なんともないふりをして抑揚をつけた声で答えた。

「いや、前に会ってる気がするな」

彼がどこでアタシを見たのかは正確に覚えていた。そのときアタシはとことん一目惚れしちゃったけど、このことを言うつもりはなかった。少なくとも、今じゃない。

「このあたりにはヒマラヤ種はほかにも何匹かはいるのよ」非の打ちどころのない自らの種を、正式な記載がないとしても、相手にわからせるように言った。「ここはあなたのテリトリーなの？」

「上はジョカンまで全部だよ。そして下はメインストリートから露店の並ぶ市場までさ」と彼は言った。

市場の露店はアタシのお気に入りの場所から一ブロック離れているだけだった。「カフェ・フランクはどうなの？」とアタシは聞いてみた。

「まさか、ありえないだろ。あの店のダンナはネコが嫌いなんだぜ」

「ヒマラヤ地区でいちばんのレストランよ。ヘイダーのグルメガイドも認めているの」アタシはクールに答えた。

彼は目をパチクリさせた。彼は今まで山の手で暮らすネコに会ったことがないのかしら、と不思議に思った。

「よく近くまで行けたもんだなあ……？」

「こんな格言があるのを知ってる？　肝心なのはあなたが誰を知っているかということと」

彼はうなずいた。

「あら、まちがえたわ」モナリザのような笑いを浮かべて言った。「こうだったわ。肝心なのは、誰があなたを知っているか」

ほんのちょっとだけ彼は黙ったまま、アタシをじっと見つめていた。その目には好奇心があふれていた。

「街の裏手からきたトラネコに何かアドバイスがあるかな？」彼は思いきって賭けに出た。

まあ、なんて愛しいの！

「金の帽子を被るのだ、彼女を振り向かせたければ」アタシは詩を引用した。テンジンがアメリカでもっとも優れた小説として思い入れをもっている『グレート・ギャツビー』からの一節だ。「お前が高く跳べるなら、彼女のためにも高く跳んであげて／彼女がこう叫ぶまで。『愛しい人よ、金の帽子を被った恋人よ、高く跳ぶ人よ／あなたが欲しい！』」

彼は考えこむように鼻をピクピクさせた。「今のは何からとったの？」

「ある本からよ」

彼は去ろうとしていた。

「行ってしまうの？」アタシは彼のうしろ姿に呼びかけた。その堂々とした風格に、あらためてハッとしながら。

「帽子を取りにいってくるのさ」と彼は振り向いた。

翌朝、彼の気配はなかったが、午後にはきっときっと会える、と信じていた。こんなにもロマンティックに有頂天になったのは初めてのことだった。もう、クラクラしてしまった。こんなにも激しい思慕、熱情と不安がまじりあった説明しがたい動物的な誘惑……。その朝、よほどうわの空だったのか、チョギャルが昼に帰ってきても気がつかなかった。夜に帰る予定だったのに。彼が、ベッドの下からケージを取りだしたときもほとんど注意を払ってなかった。アタシを持ち上げてケージに入れたときに、ようやく何が起きているのかを理解した。

「ペンキ屋さんの仕事が早く終わったのだよ」彼は、アタシが喜ぶに違いないと思ってか、「ここにいるのが辛いんじゃないかな、と思ってね、できるだけ早く戻してあげたいと思ったんだ」と説明した。

実にあっさりと、アタシはこうしてジョカンに連れ戻された。

改装はとてもうまくできていた。いつもいた部屋は塗りたてのペンキでピカピカ、取りつけ家具は磨かれてツヤツヤ、すべてがもとのままだったが、いっそうきれいになって整えられていた。たったひとつ、アタシのために特別な工夫があった。長方形のクッションに濃い灰褐色のフリースのカバーが掛けられ、窓の敷居に置かれていた。

テンジンはアタシが帰ってきたので大喜びして撫でまわした。彼の手から匂う石鹸のツンとした刺激臭で、ああ、家に帰ったんだと実感した。お気に入りのキャットフードも用意されていて、嬉しかった。その日の午後、法王様のスタッフのみんなが帰って、一人静けさのなかに残されると、マクロード・ガンジ郊外の住宅密集地で受けたトラウマもあの場だけのこととして忘れ、幸せな気持ちになるには十分な環境だった。

でも、そうはならなかった。

あの場所に戻りたかった！　あのトラネコに恋焦がれて胸が痛かった。ジョカンの象牙の塔にこもっていたら、再び会うチャンスがやってくるのだろうか？　アタシが急にいなくなったのを知ったら、もう彼に興味を失ったと思わないだろうか？　堂々としたライオンのようなトラネコなら相手には困らないことだろう。いつ会えるかわからないまま、アタシのことなど忘れてしまったらどうしよう？　再会のチャンスがあったとしても、もうアタシのことをどうでもいいと思っていたらどうしよう？

チョギャルのところで世話になっていたときのことを思いかえしてみると、まるで夢をなぞるような感覚だった。それに、三日間も羽布団の下に潜っていたなんて本当にバカだったと認めるほかない。チャンスがあったかもしれないのになんてもったいないことをしたのだ！　四日目ではなく、一日目から外に出ていたら、どんな展開になっていただろう。アタシはどんな体験をして、この夢の中のネコとどんな関係にまで発展していたのだろうか。すべては、もう遅すぎる。愚かな自己憐憫で先に進むチャンスを自ら失ってしまったのだ。

ダライ・ラマはその次の日に帰宅した。この方が部屋に入ってきただけで、何もかもがもとのよい状態に戻った。相手に対する不安や自分への罪悪感などというトラウマは、ダライ・ラマが戻った今、まったく的外れに思えた。ダライ・ラマが言葉でいろいろ説明しなくても、ダライ・ラマの存在、その喜びに満ちた平静さがあらゆるネガティブな思いを消し去り、深い自己信頼の気持ちを永久的に呼び起こすように思えた。

ダライ・ラマは、テンジンとチョギャルの案内で改装された部屋をご覧になり、たいそう喜んだ。二人が真新しい真鍮のドアノブやセキュリティ計測器を指さすと「いいですね！　素晴らしい！」と何度も言った。

そして、二人が行ってしまったあと、アタシに近づいて撫でた。アタシの目を見ながらマントラを唱えると、すっかり昔の幸せな気分が戻ってきた。

「大変だったろうね」とダライ・ラマはしばらくしてからそう言った。「あなたの大好きなミセス・トリンチがお昼を作りに来てくれるよ。ネコちゃんのためだけにきっと美味しいものを用意してくれるはずだよ」

その日の訪問者は誰なのかは聞かなくてもわかるほど、特別な方だった。繊細そうで小柄な身体を僧侶の衣で包み、お年を召しておられたが、落ち着いた態度からは特別なパワーが感じられた。フランスでの労働組合のストライキで、旅行の日程は計画どおりにはいかなかったようだ。ダライ・ラマは訪問客にソファをすすめながら、旅の疲れをねぎらわれた。

禅のマスターであり教師であり、敬愛されるグルでもあり、多くの著書もあるティク・ナット・ハンは、旅の疲れなどものともせず、肩をすくめて見せた。「遅れたことでいいことがあるかもしれません。禅の話で塞翁《さいおう》が馬というのをご存知だと思いますが」

ダライ・ラマは先を続けてくださいという仕草をされた。

「この話は、中国の故事だとされています。馬が富の象徴でもあった頃のことです」

ダライ・ラマはうなずかれた。話が面白そうで、アタシも全身で耳を傾けていた。

「このお百姓さんは、初めて馬を手に入れました。そうすると、村人全員がお祝いにやってきました。こんなに素晴らしい馬を手に入れてさぞかし自慢だろうと、みな口をそろえて言うわけです。ところが、お百姓さんは、不動の心、平常心ということに多少の心得があったものですから、ただ笑って『さあ、どうなりますことか』と言っただけです。

それから間もなく、馬は放牧地の柵を壊して人里離れた方向に逃げだしてしまいました。村人たちはお百姓さんを不憫に思い、『まったく、災難でしたね！　ひどい損をしましたね。こんなにひどいことになって、どうすればいいんでしょうね？』と言いましたが、お百姓さんは同じように『さあ、どうなりますことか』と笑っていただけです。

それから一週間もたたないうちに、お百姓さんは逃げた馬が戻ってきたのを起きぬけに見つけました。それればかりか、二頭の野生馬もいっしょだったのです。彼はこともなく三頭を馬小屋に入れ戸を閉めました。村人たちはにわかには何が起きたのか、信じることができませんでした。『なんという幸運！　盛大に祝うとしよう！　こんなことが起きるなんて夢のようだ』もちろんこのときもお百姓さんは、『さあ、先のことはわかりませんから』と笑って言うのでした。

彼の息子は野生馬を調教しはじめました。それは危険な仕事でもありました。案の定、息子は調教中に馬の背から投げだされ、足の骨を骨折してしまいました。それは、ちょうど収穫が始まる前のことでした。息子に手伝いを頼めないので父親は作物を集めて回るのにひとりで大変な苦労をすることになりました。『ご苦労なことで、いちばん人手が欲しいときに息子さんが手伝えなくなったとは。こんな不運はないですよ』と村人たちは同情しました。

父親は『まあ、なんとかなるでしょう』とだけ言いました。

それから数日後に、軍が兵を派遣して村という村をまわり体格のいい若者を駆りあつめに来ました。皇帝が参戦を決断して兵の結集が急務だったのです。けれど、百姓の息子は脚を骨折していたので、兵役を免《まぬが》れました」

ティク・ナット・ハンは穏やかに微笑み「で、まだ続くのです」と言った。

法王は打ち解けた表情で彼を見た。「見事な例ですね」

「そうなんです。変化にいちいち反応するよりよほどいいわけです。そんなことをしていたら、自己中心的なメロドラマにはまりこんでいるのも同然ですからね。ジェットコースターのように上がったり下がったり忙しすぎる」

「そのとおりです」とダライ・ラマ。「遅かれ早かれ変化はやってくる、ということを私たちは忘れがちです。大事なのは、物事の見方を変えることです」

この二人の偉大な精神的指導者の会話を聞いている間、先日の環境の変化に反応してしまった自分に心が痛んだ。チョギャルはアタシの世話をしようとしてくれていただけなのに、アタシったらあんなに怒り狂ってしまった。チョギャルが気の毒になった。しょうがないわ、そのときは彼が殺気立った革命家に思えてしまったんだもの。

そのあとの反応はどうだったかと言えば、チョギャルの布団のなかに潜りこんで三日間もベッドから出なかった。なんて無駄なことをしたのかしら？　今となっては、悔やんでも悔やみきれない。せっかくの出会いのチャンスを逃したのだから。

自己中心的メロドラマよね。もし、ひるまずに、正直に自分を見つめてみるなら、アタシの人生は、ほぼこの言葉が言い当ててるんじゃないかしら？

「しばしば……」と法王は話を続けた。「私が会う人たち、彼らはビジネス・リーダーだったり、エンターテイナーだったりいろいろですが、みんな一様にこう言うのです。自分に振りかかった最悪と思えることが、のちになって振りかえってみると、実は最良のことだった、とね」

「私たちはあたらしい道へと進むようにできている」ティク・ナット・ハンは言った。「さらなる調和と達成をもたらす道を、私たちが拒否しないなら」

「まさに」ダライ・ラマは賛同した。

「たとえ状況が最悪となっても」と客は続けた。「それでもあたらしい道を探すことはできるのです」

ダライ・ラマの表情に一瞬陰りがさした。

「私にとって、自分の人生で最悪のときとは、チベットを去らねばならないときでした。もし、中国が私たちの国を侵略しなかったなら、私は今もラサにいたでしょう。ですが、侵略されたことで今ここにいるのです。多くの僧侶や尼僧たちもチベットを去りました。そして、過去五十年の間に、仏法は世界中に広がりました。そのことは、人類への貢献となったと思っています」

「それは確かです」ティク・ナット・ハンは答えた。「五十年前のその出来事があったからこそ、私たちは今日、ここで会っているのでしょう」

だからこそ、アタシはダライ・ラマのネコとして存在するのだわ。

そして、読者のみなさんも、縁あってこの本を手にしているのね。

🐾

その夜、ミセス・トリンチの作ってくれた角切りチキン・レバーが美味しくて、おなかいっぱいになった。新しいクッションが置かれた窓の敷居に座り、夜の光で広場の反対側が緑色に照らしだされているのを見ていた。聞き慣れたお坊さんたちの声明に重ねるように、微風が松の林と青々と茂ったシャクナゲの香りを運んできた。トラネコを最初に見かけた岩に自然に目がいっているのに気がついた。岩には何もいなかった。アタシのトラネコ。アタシがとても会いたがっているそのトラネコ――ちょっと待って。アタシは自分をチェックしてみた。これって、自己中のメロドラマに陥ってる初期症状じゃないかしら？　重症になる前に気がついてむしろよかった。でも、よかった、と思うこと自体、ひとつのいわゆる自己中メロドラマだと認識したの。わあ、これって、仏教の心の訓練！　でも、これっぽっちも自分を欺かないでいることって、できるのかしら？

アタシはティク・ナット・ハンのことを思いだしていた。彼の落ち着き、その強さ、飾り気のない純真さ。暗闇のなか、広場の反対側に揺らめく緑の光をアタシは静かな心境でじっと見ていた。

先のことはわからないわ。どうなるか見てみましょう。

第八章

足元に宝の蔵を見つける――怒りの効用

あなたがネコ科動物の生態観察にとりわけ長《た》けた人なら、アタシのことも深く理解してくれたと思う。アタシが意識的に伝えようとしていないことがひとつあるとしても。そうしたいとかしたくないとかにかかわらず、著者（ネコのアタシのことよ）は文章の上だけじゃなく、ほかにもかすかな手がかりを残してしまい、無意識に自分自身を裏切ることがあるの。心理学的な痕跡としてのパンくずやらね。言ってみれば、もっと気持ちに近いところだと、サーモン・フレークの痕跡ね。理想を言えば、つけあわせにはディルか、少量でも風味の強いディジョネーズをかるーく霧雨のようにかけて食すあのサーモンの、ね。

そりゃもちろんあなたが物的痕跡を見つけるような科学捜査に適した環境でこの本を読んでるとは限らない。だからこそ、ここで正直に明かそうと思っているの。これって、告白するのはたやすいことではないけど、思いきって言うことにする。アタシは食べることが大好きなネコ。さらに言えば、「大好き」ということは、残念ながらグルメだということとは別のこと。

読者のみなさんに告白しますけど、アタシは大食漢なのです。わかってる、わかってるわ。嘘だと思うでしょ？　高級チョコレートの箱の写真にあるように、ブルーの目をした豪奢なアタシを知る人には信じられないでしょうね。外側のつややかな毛皮だけ見るとだまされるかもしれないけど、本当のことをいえば、ちょっと前までは胃袋は肥大していて、食欲の奴隷に成り下がっていたの。健康とはほど遠かったわ。

食べ物のとりこになっていたなんて自慢できることではないでしょ。この地球上で、いくらでも欲しがる胃や腸、古代ローマ人のような快楽主義者、束縛から解き放たれた野蛮な自由人を理想とする文化が今は存在する？　答えを急ぐ前に、もう一つ聞いてもいい？　ネコとして一日過ごしてみるとどんな生活が待っているか、想像してみたことがあるかしら？

朝いちばんに味わうコーヒーの香りほど期待をそそるものはない。朝、カフェ・フランクにやってくる客たちの顔を見ればわかるの。それから、夜、とびきりの白ワインに口をつける瞬間の思わず目を閉じるような悦楽。アタシたちネコには日々、気分を高揚させてくれるような嗜好品がないの。あの地味なネコジャラシくらいなもの。退屈してるときやら、落ちこんだとき、はたまたいのちの危機にさらされたとき、救いとなる薬物といえばネコジャラシだけ。あ、そうそう、ちょっとした頭痛のときでもね。

なんだかんだ言って、アタシたちには食べ物しかないの。問題は、食べるという健康的な歓びが、いのちをも脅かす強迫観念にどのポイントで変わるのか、ってこと。

アタシの場合、境目になったその日のことははっきりと覚えている。法王様が旅に出ることもなく六週間続けてここにいて、毎日のように貴賓客があり、昼食時の接待に招かれる客もいた。ミセス・トリンチはジョカンの厨房でいつもオペラの主人公のような存在としてその場を取り仕切り、お客を満足させるために張り切っていた。

そして、どんなに忙しくても、この世でもっとも美しい生きものの要求を忘れたことはなかった。いつも美味しいものをふるまってくれるうえに、いろいろな新しい称号でアタシを呼び、そのかわいがりぶりは留まるところを知らなかった。まあ、かわいそうな私の愛しい子ネコちゃん、私のかわいい子と甘ったるい声でささやき、その豊かな胸に抱きしめてアタシの首にキスをする。かわいい宝物、ちっちゃな宝物とあやすとアタシの目の前に、賽の目切りのチキンレバーをお皿山盛りに置いてくれる。

ミセス・トリンチにとって食べ物は愛の表現。食べ物もたっぷり、愛の表現もたっぷりなのが彼女なの。

アタシには時間割みたいなものができてきた。朝食はアタシとダライ・ラマの寝室に用意された。その後、十時ごろになるとカフェ・フランクに向かう。ちょうどジグメとナワン・ダクパがランチの仕込みにかかる頃になる。昼には、その日のランチメニューのできたてのいちばん美味しい部分がリンポチェのためにお取り置きされるので、それをムシャムシャと味わってから棚の上で一時間ほど昼寝をする。ジョカンに顔を出す午後三時から四時の間には、ミセス・トリンチは厨房での仕事をちょうど終える。ベンチにとび乗って、ミャーと一声合図をするだけで、食事を運んできてくれて、アタシの魅力について言葉の限りを尽くしてほめてくれるの。知性、毛並み、洗練された美しさ、などなど山のようにあるチャームポイントにそのつど感動してくれる。

美味しいものをよく知っている贅沢なネコ科の舌を満足させるには、これで十分のはずだった。十分すぎるという人もなかにはいるかもしれないけど。でもここで、哲学者もファイナンシャル・アドバイザーも躍起になって問題にする永遠の問いが浮上してくる。つまり「何をもって十分とするか?」という問題ね。

この問いが、アタシが美食家から大食漢への坂を転げ落ちていった日のことを思いださせるの。

カフェ・フランクから丘への帰り道をのぼっていこうとしたときのこと。ちょうどこの日は特別にオレンジ風味のローストダックを気前よく分けてもらっていたので、上り坂はいつもより大変だった。そして、あろうことか、初めて道で休憩したの。そこは特売バザーの店の前だったわ。

店の女主人のパテルさんはドアのそばに丸椅子を出して座っていた。すぐにアタシを見つけて、法王様のネコだとわかったの。それで、なんだかとても興奮したみたいで、自分の娘に店の奥から皿にミルクを入れて持ってくるように言った。そしてまずはミルクを舐めて、体力が回復するまでゆっくりしていくように強くすすめたので、彼女が気を悪くしないよう言われるとおりにした。

そうして休んでいると、パテルさんは隣の食料品店まで娘に小さめのツナ缶を買いにやらせて、中身を皿にのせると「どうぞ」と勧めてきたの。知らない人から食べ物をもらうことは避けていたけど、パテルさんは前から何度も見かけていた。通りがかりの人とよく立ち話をしていて、気立てのいい肝っ玉母さんみたいな人に思えたわ。彼女が皿を下に置くと、潮くさいツナの臭いが鼻の前で揺らめいた。お愛想に、ほんの二口か三口ほどと思った。

次の日の午後、丘の上に帰る途中、特売バザーまで行かないうちに、パテルおばさんはミルクとツナを用意して待っていた。一回だけのつもりが、知らないうちに悪い癖に溺れることになる予兆がそこにはあった。

さらにもっと悪いことが続いた。

わずか数日後、親切なパテルおばさんはカフェ・フランクに行く途中でアタシの足をとめさせた。チキンを挟んでパンパンにふくらんだナンをもぐもぐしながら、彼女はチキンの切り身を抜きだしてアタシにくれた。この午前中半ばのおやつは、まもなく毎日の習慣になってしまった。

「ネコは何が自分のためになるか知っている」とはよく聞くフレーズ。「ネコは空腹のときにしか食べない」という話も聞く。でも悲しいことに、読者のみなさん、これは真実ではありません！　このときはわからなかったけど、アタシは不幸への危険な道を歩きはじめてしまっていたの。

ジョカンでは訪問客の数は途切れることなく多くなってきた。土壇場での変更もでき、世界の隅々からの長距離電話もかかるようになったおかげで、インディラ・ガンジー空港からマクロード・ガンジに直行する客も増えた。いつものように、ミセス・トリンチは訪問客に合わせたメニューを考え、厨房でのそれぞれの役割を指示するのにいろいろと忙しかった。ロシアからの客のためのクラスネ・ブリニ（丸く美しい形に焼いたロシア伝統のクレープ。おかずにもデザートにもなる）を、アルゼンチンからの客のためにドゥルセ・デ・レチェ（ミルクを煮詰めてジャム状にしたもの）を用意するときであっても、法王様の客に驚きと歓びを与えるために骨身を惜しむことはなかった。

それなのに、とても有名なインド人の医者で、講演もする、本も書くというカリフォルニアからやってきた客のために考えたラズベリー・ソルベを忘れるなんてことがある？　ダライ・ラマのスタッフならありえないわ。ミセス・トリンチならなおさらのこと。

　一週間に二回も厨房内でのひどい番狂わせがあり、ミセス・トリンチはほぼ我慢の限界に達していた。そこへもって、今まで以上の悲惨な事態が発生したのがこの三番目の客のとき。最初の番狂わせは、メインの厨房でのことで、まったくもって説明がつかないんだけど、一晩中冷凍庫が作動しなかったことは、いずれにしても取りかえしのつかない大惨事だった。せっかく作って入れておいた冷凍庫の中身の半分以上は台無し。もう大慌てで客の到着する寸前に市場やら乾物屋やら専門店やらを走り回って代わりになるものをなんとか探すしかなかった。ミセス・トリンチはこんなことがあったあと、神経が参ってしまっていて、夕方にはこれ以上ないくらいに落ちこんでいた。

　二日後、メインコースの料理に取りかかろうとガスの火をつけたとたん、燃料が切れた。厨房用のタンクは空になってしまった。予備もない。ナムギャル寺に使いが走っていき厨房からありとあらゆる料理用の電気ヒーターをかき集めてきた。その間、料理が中断されたのは、料理長にとって許しがたいことに決まっている。

　続けて三度も同じようなことが起きるなんてことある？　ミセス・トリンチはそんなことが決してないように細心の注意を払って事に当たった。ガスはチェック済み。新しい冷蔵庫が届くまでの間、スタッフは上の階の冷蔵庫に中身を入れかえ、何度も中をチェックした。確認に確認を重ね、準備万端ととのえた。材料も道具も、台所にあるものはすべて調べなおし正確さを期した。今までになかったことだわ。だから、その日のランチがうまくいかないわけはなかった。

少なくとも、始まりは何事もなく順調だった。予定どおりに食事が終わりにさしかかり、ミセス・トリンチは昨夜から準備していたズッキーニのチョコレートケーキとイナゴマメのナッツボールを運んだ。一度あることは三度あるという迷信が気がかりでミセス・トリンチは心配になり、気がせくのと責任感で法王様が午前十時の約束でお寺に行ったすぐあとに仕事に就いた。失敗なんて考えられなかった。

ニース風アスパラガスが皿に盛られ、バスマティライスは炊飯器にセットされ野菜は焼き網に並べられた。次に、ココナツ風味の緑豆を出す順番だった。

上の階の冷蔵庫から取りだした豆の袋をミセス・トリンチが開けてみると、なんと腐りかけていた。厨房の冷蔵庫から、上の階のスタッフ用の冷蔵庫に移すときにちゃんとチェックしていなかったらしい。上のほうは問題なかったけど、下の部分は柔らかくなりすぎてベタベタしていた。使いものになりそうもなかった。

ミセス・トリンチの形相は、近くのカングラの谷を襲うモンスーンの黒い雲よりも悪い予感を孕んでいた。かわいそうに、その日、厨房の当番だった三人のお坊さんは怒鳴りちらされ、二人は代わりの豆を買いに市場に走り、一人はナムギャル寺に緊急の手伝いを探しにいった。

ミセス・トリンチはダメになった豆をまるで不吉な出来事の前兆のように受けとめて、ストレスが最高潮に達した。パチンパチンと何度も指を打ち鳴らし、そのたびに腕に巻かれた金のブレスレットはガチャガチャと鳴った。実際、不吉な出来事が続いた。

市場に豆を買いに走った二人はまだ戻らなかった。時計がカチカチとせかすように音を立てていた。ナムギャル寺に行ったスタッフは一人も手伝いを見つけることができなかった。ミセス・トリンチは上の階から人を連れてくるように怒鳴った。それで結局、法王様の秘書のチョギャルがスタッフの補充まで、ミセス・トリンチの下で副料理長という似合わない役柄を仰せつかることとなってしまった。

彼の最初の仕事はスタッフの冷蔵庫からラズベリーを持ってきて、アーユルヴェーダ式のラズベリー・ソルベの準備をすることだった。

「ラズベリーが見当たりません」厨房に戻ると彼はそう報告した。

「そんなはずないでしょ！　昨晩チェックしたのよ。冷凍庫に赤い袋があるでしょ」ミセス・トリンチは身体を震わせて大声で叫びながら二階に戻るよう身振りで指示した。「赤い袋、赤よ、見えるでしょ！　チェット・ロッソ（赤い袋）！」とイタリア語でも叫んだ。

ダメだった。

「冷凍庫には入っていません」すぐに戻ってくると、彼は確信をもって伝えた。「赤い袋はないです」

「やり直しよ！」ミセス・トリンチは開けていた棚へナイフやフォークをガチャガチャと耳障りな金属音をたてて戻すと、引き出しをバタンと閉めて上の階に向かって怒鳴った。「野菜を焦がさないでよ」

厨房にいる人たちは誰一人として彼女がガンガン階段を上る足音や、ヒールの底をダッダッダッと音を立てて横切る音や、どうにもならない現実を知ったときに激しい怒りから噴きだすわめき声を避けることはできなかった。

「どういうこと？」戻ってくるなり彼女は詰問した。顔は紅潮し、目は血走り、この週に感じたストレスの一切合切を、今この瞬間にドッと吐きだした。材料紛失事件があまりにもショックで、彼女はいまだに信じたくない気持ちで動揺していた。

「昨日の夜は、あそこにあったのよ。確かめたんだもの。それが、今、ないなんて！　どこに消えたの？」彼女の口からはイタリア語が出た。

「残念です、私にはわかりません」チョギャルは首を横に振った。肩をすくめる力を抜いた仕草は、彼女には何の慰めにもならなかった。

「あなた、上で仕事しているんでしょ。知ってるはずでしょ」「厨房のスタッフにも言ったじゃないの」「指示を出したはずよ。ラズベリーの赤い袋には触らないように。場所を動かさないように。デリーに特別注文した品なんだからね。こんなことになるなんて、バカ！」ミセス・トリンチはチョギャルが焼いていたズッキーニをのんびり裏返しているのを見ると、よほど気に入らなかったのか、彼を押しのけ、火箸をひっつかむように奪った。

「時間がないのよ！」

ワグナーの曲のように激情的に、彼女は野菜を一片ずつ摑んでひっくりかえすと、持っていた火箸でグリルをピシャリとたたいた。「どうすりゃいいの？　ナムギャル寺の坊さんたちにラズベリーを探してもらうのかい？」

チョギャルは、ここは賢くだんまりを決めこんだ。

「町中のレストランに電話してみるかい？」

怒りの炎はどんどん大きくなり、彼女は続けた。

「大事な客たちに来る途中で、デリーに寄って買ってきてもらえばいいのかい？」

野菜が焼き上がり、ミセス・トリンチは振りかえった。「聞いているのよ、答えなさいよ」

彼女は火箸をチョギャルの顔の前で脅すように振りかざして言った。「どうすりゃいいのさ？」

チョギャルはここで何を言ってもダメなのはわかっていた。気遣いながら穏やかに彼はあたりまえのことを言うことに決めた。

「ラズベリー・ソルベのことはもう心配しなくていいですよ」

「心配しなくていいですって？」

それはあたかもガソリンをちょろちょろ燃えてる火に投下するようなものだった。

「信じられない！　いつも私がなにか大切なこと――普通じゃない特別のこと――をしようと

するると、そういうときに限ってあんたたちが邪魔をするんだから」

ミセス・トリンチは、チョギャルがなぜ急にそんなことを言ったのか、わかっていなかった。消えてしまったラズベリーを気遣うよりもよほど大切なことだったのに。

「ミセス・トリンチ——」彼は言葉を差しはさもうとした。

しかし、彼女はワグナーのような激情でいっぱいいっぱいだった。「第一に、冷凍庫が信用できないシロモノよ。それにガスもだわ。火がないところでどうやって料理しろというのさ？もういいよ、ふざけないで！　私の材料を盗んでいけばいいさ！」

「トリンチさん、お願いですよ」チョギャルは渋い顔にかすかな笑いを浮かべて嘆願した。

「うるさいわね！」

「うるさくしてるのはあなたですよね」

戦場のワルキューレ（北欧神話に登場する戦いの女神）すらミセス・トリンチの怒りの勢いにまかせた全力疾走にはかなわなかった。

「大事な客をもてなす昼食会の前日に広いジョカンでわざわざラズベリーの袋を選んで使うなんていう馬鹿がいる？」彼女は口角に泡を飛ばしてまくしたてた。

「なんて自己中な馬鹿なの、どこまで大馬鹿なのかねえ。どんな馬鹿がこんなことするのかねえ？」

怒りを不運なチョギャルにぶつけるだけぶつけたが、彼女は別に答えを求めていたわけではなかった。ところが、それにもかかわらずこの騒動の渦のなかから答えが返ってきた。

「犯人は私です」彼女の背中越しに穏やかな声がした。ミセス・トリンチはあわててぐるりと振りかえり、ダライ・ラマがとてつもなく大きな慈悲で自分を見ているのに気がついた。

「申し訳なかった。とっておかなくてはいけないものだとは知らなかった」と法王は謝った。

「ラズベリー抜きということで、あきらめましょう。昼食後に、来てください」

厨房の真ん中で、ミセス・トリンチの紅潮した顔は急速に青ざめた。魚のようにぽかんと口を開け、パクパクさせていたが、言葉が出てこなかった。

両の手のひらを胸に当てて、法王様は少しのあいだ、頭を下げた。ミセス・トリンチは震えていたので、法王様はつき添っていたテンジンに厨房を出てから聞いた。

「このソルベとやらだが、実際はどういうものなのかな？」

「普通はデザートに出すものです」

「材料はラズベリーなんですか？」

「香りのいいものなら、いろいろなものが原料になります」とテンジンは答えた。少し歩いてから、彼はつけくわえた。「ミセス・トリンチは、本当はコースの途中の口直しとして出そうとしていたようですが」

「なるほど、口直しですか」とダライ・ラマの目はキラキラした。この言葉を反芻して楽しんでいるような様子だった。「怒りの心というものはおかしなものだ、そうじゃないかね、テン

「ジン？」

その日の午後遅く、ミセス・トリンチは法王様の部屋にいた。彼女は入ってきたときからすまなさそうに取り乱していて、しばらくは目に涙をいっぱい溜めているのが座っていた敷居から見えた。

法王様は客たちが昼のメニュー、とりわけイナゴマメと木の実の団子（法王様にとっては子供の頃を思いだす懐かしいレシピ）が美味しかったと褒めていたことを伝え、彼女を安心させた。

ミセス・トリンチには、そんなことのために呼ばれたのではないことはわかっていた。彼女の琥珀色の目からは涙がこぼれていた。そしてマスカラをにじませながら、ついつい怒りっぽくなってその場にいたチョギャルやほかの人に当たり散らし、取りかえしのつかないことを言ってしまったことをこみあげてくる後悔とともに告白した。その場ですすり泣きながら立っていると、法王様はしばらくの間彼女の手を取り、言われた。

「もういいんですよ、泣かなくても」

香水のついたハンカチで目頭をぬぐおうとしたとき、ダライ・ラマの口から出た言葉に彼女はドキッとした。

「いいことです。とてもいいことですよ。なにかに対して怒るということは」

「私はずっと怒ってばかりでした」と彼女は言った。

「ときには、自分のふるまいを変えなくてはいけない、と思うときがあるものです。でも、本当に変えなくてはいけないと気づくには、なにかしらショックが必要だ。今がそのときですね」

「シィ（はい）」ミセス・トリンチはイタリア語でうなずくとまた泣きそうになるのをこらえて聞いた。

「でも、どうやって？」

「まず、忍耐を身につけるとどんないいことがあり、忍耐を養わないとどんな不利益があるかを考えてみるといい」ダライ・ラマはこうも言った。「怒って、最初に苦しむのはその本人です。怒っている人は、幸せで平和な気持からはほど遠い」

ミセス・トリンチは赤く泣きはらした目でダライ・ラマを見つめた。

「怒りが他者に与える衝撃についても考えてみなくはなりません。なにか傷つけるようなことを言うとき、癒されないような深い傷を与えてるとは実際は思っていませんね。ちょっとした仲たがいから、家族や友人との人間関係が完全に壊れてしまうのは、考えてみれば、たった一言の怒りの爆発からということが多いのです」

「そうなんです！」ミセス・トリンチは泣き声で答えた。

「それから、次に自分にこう尋ねるのです。この怒りはどこからきたものだろうか、と。もし、怒りの本当の原因が、冷蔵庫やガスやラズベリーがなくなっていたことにあるとすると、どうして、他の人たちもみんなこのことに対して怒らないのでしょうか？　これでわかるように、怒りは外から来るものではないのです。私たちの心のなかから生まれるのです。でも、それで助かっているのですよ。なぜなら、外の世界はいちいちコントロールできませんが、自分の心はコントロールできるようになるからです」

「でも、私はずっと怒りっぽい人間でした」ミセス・トリンチは告白しました。

「たった今も、怒っていますか？」と法王様。

「いいえ」

「そのことから、怒りの性質はどういうものだと思いますか？」

しばらくの間、ミセス・トリンチは窓から寺の屋根を見ていた。夕暮れ前の太陽が屋根の法輪と鹿の彫像を黄金色に染めていた。「やって来ては去っていくようなものだと思います」

「そのとおりです。怒りは永遠ではないのです。あなたのなかにあるものでもない。ですから、『ずっと怒りっぽい人間でした』というのはまちがいです。怒りは、生まれ、留まり、そして消えてゆく。誰にとってもそれは同じです。あなたはほかの人よりもそれを多く体験しているのかもしれない。そのつど、怒りに巻きこまれると、それが習慣になり、さらに怒りを招きやすくなる。そうではなく、怒りのパワーを減らしていくほうがよいと思いませんか?」

「もちろんそうしたいのはやまやまですが、自分ではどうすることもできないのですよ。怒ろうとして怒ってるわけじゃありません。勝手にそうなってしまうのです」

「どうでしょう、あなたがほかの人よりも怒りっぽくなる特別の状況や場所がありますか?」

ミセス・トリンチは間を置かず答えた。「厨房です」と階下を指さした。

「けっこう」ダライ・ラマは笑いながら両手を打ち鳴らした。「これからは、ジョカンの厨房はあなたにとってありきたりの場所ではなくなります。そこは、宝の蔵になるのですよ」と法王様は続けた。「ほかのどこにもないような貴重な機会を得ることができる場所として考えてみてください」

ミセス・トリンチは頭を振った。

「意味がわかりません」

「あなたが感じる怒りは、少なくともある部分あなたのなかから生まれていると思っていますね?」

「そうです」

「それを避けることができれば、自分にも、もちろん他人にとっても、とてもいいことだと思っていますね?」

「はい」

「そうなるためには、怒りとは反対の力、つまり忍耐を訓練する機会が必要です。そういったチャンスは友だちが与えてくれることはめったにありません。でも、ここジョカンにはたくさんあります」

「本当ですね」彼女は悲しそうに答えた。

「ですからジョカンを宝の蔵と呼ぶことができるのです。あなたの職場であるここは、忍耐を培い、怒りを克服する多くの機会を与えてくれます。このように考えることをこう言います」

法王様は眉にしわを寄せて考えたあと「そう、見方を変える。そういうことです」

「ええ、でも、もしできなかったら……？」彼女の声は震えていた。

「やりつづけてみればいいんですよ。長くやりつづけてきた習慣を一瞬で変えることはできません。でも明るい未来を思い描いていれば、一歩一歩でも確実に進歩します」法王様は彼女の心配そうな顔を覗きこんでいたが、こう言った「心が穏やかであれば進歩も早いのです。そのために、瞑想がいちばんの助けになります」

「でも、私、仏教徒じゃないですし」

ダライ・ラマはクスクスと笑った。

「瞑想は仏教徒の専売特許ではありません。どの宗教でも瞑想の習慣はあります。無宗教の人にも瞑想はとても良い影響を与えます。あなたはカトリックですね。ベネディクト派には瞑想についての大変役に立つ教えがあります。やってみてはどうですか？」

ミセス・トリンチの謁見時間が終わりに近づき、二人は立ち上がった。

「いつか」と言ってダライ・ラマは彼女の手を取った。

「この日のことをターニング・ポイントとして思いだすようになるかもしれませんね」と彼女の瞳の奥を見つめた。言葉が見つからず、ミセス・トリンチはハンカチを目に押し当て、ただうなずくだけだった。「あることに対して理解が深まり、ある時点までくると行動まで変わっていくことがある。これを仏教では気づきと呼びます。たぶん、今日、あなたは気づきを得たのですね」

「はい、そうです、法王様」彼女の唇から感動があふれてきた「そのとおりです」

「ブッダが言われた言葉を覚えておきなさい。『戦闘で千人に千回勝利を収めても勝者とは呼べない。自分に打ち克つものがもっとも偉大な勝者だ』」


アタシの気づきはそれから数週間もたたないうちに起きた。

最初の警告を心に留めるべきだったのだ——ある日オフィスにそろりと入って行くとテンジンがチョギャルに「ダライ・ラマのネコちゃんは太ってきたね」と言ったのが聞こえてきた。テンジン特有の斜に構えた見方だったので、どういう意味かはっきりとはわからなかった。それで、気を悪くすることもなかった。

次の週、ミセス・トリンチから夕食をもらおうとジョカンの厨房に戻ると、ミャーと甘える雰囲気ではなかった。

ラズベリー・ソルベの事件以来、ミセス・トリンチがいるときはどんなときでも今までなかったようなある種の静けさが厨房に立ちこめていた。その日は、穏やかさが満ちていただけではなく、ミセス・トリンチがCDを持ってきていて、聖歌隊によるフォーレのレクイエムが夕方まで鳴り響いていた。

厨房に入ると、彼女に親しみをこめてミャーと挨拶した。カウンターにはとび乗らずに、しばらく見あげていた。単純な理由だ。失敗するとわかっていたから。

今までにないくらいに注意深くミセス・トリンチはアタシを抱き上げてくれた。

「まあ、かわいそうな子ネコちゃん、とび乗れなくなったなんて！」彼女は憐れむようにアタシにキスをして抱きしめながら叫んだ。「こんなにも太っちゃってね」

え、何？

「食べすぎよね」

本気《マジ》かしら？　世界でいちばん美しい生きものに対して言うことかしら？　可愛い宝物に？　愛しい相手に？

「本当の子ブタちゃんになってしまったわ」

もう、自分の耳を疑ったわ。とんでもない！　子ブタですって？　このアタシが？　彼女の親指と人差し指の間のやわらかなツボをキュッと噛んじゃいそうになったわ。

でも、アタシの目の前に置かれた肉汁たっぷりのラムのすね肉の魔力に負けて、やめたの。ピリッとした風味のソースをペロッと舐めたとたん、そのトロリとした舌ざわりに夢中になってしまった。ミセス・トリンチの信じられないくらい無慈悲な言動はすっかり頭から吹き飛んでしまった。

どんどん膨らんでいくアタシの問題に直面するためには、さらなる屈辱が必要だったみたい。ダライ・ラマといっしょに朝のお寺のお参りをすませて戻ってくると、部屋に向かって階段を上っていった。後ろ足がグラグラするのでゆっくりと進んだ。この数週間、普通の速さで歩くのすらとても大変なことだったの。

その朝、無理をしすぎて事件が起きた。最初の数段を上がろうとしたとき、なんだかいつものように力が入らないような気がした。もう一段、もう一段と上に行こうとするけど、なにかがアタシをうしろに引きずろうとしている感じだったわ。いつものように前に進む勢いがまったくなくて、力が抜けたの。

なかほどまで上ろうとしたときに、もう力尽きて、みっともないことに大の字になって床にベタッと着地するかわりに、空中で前足をバタバタさせて必死につかまるものを探していた自分がいた。シュールなスローモーションのようにうしろによろめいて、それから横に傾いたの。

ドスンとずり落ちて、上半身、下半身が階段二段にかかってしまった。傾いたまま、またずり落ちた。この恐怖に満ちた不名誉な転落は法王様の足元でやっと止まった。

ダライ・ラマはすぐさまアタシを自分の部屋に運んだ。医者が呼ばれた。ダライ・ラマの机にタオルが掛けられ、アタシは診察されることになった。ドクター・ガイ・ウィルキンソンの診察はすぐに終わった。転落による傷はなく、健康状態もどの項目に関しても標準的で良好と出たが、最悪の結果があった。体重が重すぎるのだ。

どれくらい食べさせているのかを医者は知りたがった。

その質問には法王様のスタッフは誰も答えることができない。アタシも答えたくはないわ。転落事故で自尊心をこっぱみじんにされたうえに、制御できない自分の食欲をここで告白して、これ以上恥ずかしい思いなんかしたくなかったの。

それなのに、真実が暴かれた。

テンジンがしかるべきところに電話を入れて、その日のうちにダライ・ラマにこう報告したの。ジョカンでの朝と夕の二食のほかに、よそで三回の食事をもらっている、と。

早速、新しい体制が敷かれることになり、これからは、ミセス・トリンチとカフェ・フランクでは今までの半分の量になった。パテルさんのところではなにもなし。このようにして数時間のうちに、アタシの日課は思いきった見直しがされて、この改革は永久的に続くことになる。

アタシがこのことをどう感じたかですって？　食習慣について聞かれていたなら、改善の余地があることを認めたわ。一日五回の食事というのは、子ネコにとっては――そんなに子供というわけでもないけど――多すぎるって素直に認めたでしょうし、量を減らさなきゃいけないってわかっていた。でも、それは頭でわかっていただけ。転落という屈辱的な目に遭ってはじめて、頭でわかっていたことが身に染みてわかって、行動を変えることに結びついたの。

転落後は、もうもとのアタシに戻るわけにいかなかった。

その夜、明かりを消したベッドの心地よさのなかで、ダライ・ラマがアタシのほうに手を伸ばしてきたのを感じた。その手に触られるだけでよかった。満足して喉を鳴らした。

「大変な一日だったね、ちっちゃなスノーライオンさん」法王様はつぶやいた。「でも、これからは、どんどんよくなっていくからね。なにか自分に問題があると見えてくると、見えてないときよりも変えていくことは簡単になるのだよ」

ダライ・ラマの言ったとおりだった。最初のうちは食事の量が減ったこととパテルさんの店でまったく食べ物をもらえなくなったことがショックだったけど、数日もたつと少し動きが活発になってきた感じがした。そして、二、三週間のうちに、グラグラしていた不安定な足取りも勢いを取り戻してきた。

しばらくすると厨房のベンチにもとび乗ることができるようになった。そしてジョカンの階段から転落するなんていうことは二度となかった。

とある金曜の朝、長方形のポリ断熱箱がミセス・トリンチ宛に届いたので、すぐさま厨房に運ばれた。彼女はインドの首相とつきそいのアンドレア・ボチェリのために食事の準備に取りかかっていた。予期しなかった届け物に驚いて、彼女はその日の副シェフを大声で呼んだ。

「これを開けるためのナイフをもってきてもらえる？　大切な人、いいかしら？」

大切な人——これは彼女がよく使うようになった独特の言い回しだ。たまに歯ぎしりしながら言うこともある。彼女の大げさな身振りは以前と変わらなかったけど、怒り方は変わった。以前のような火山の噴火ではなく、苛立ちはピカッピカッと光るフラッシュのように現われてくる。

不思議なことに、自制をすることによって、彼女の身の上にいいことがあった。つい最近のこと、娘のセレナから便りがあったのだ。セレナは、イタリアでシェフになるために修行をしたのち、ミシュラン星を獲得しているヨーロッパのあちこちのレストランで数年間働いていた。ミセス・トリンチは娘がしばらくヨーロッパを出ることにしたと知って、喜びを隠せなかった。二、三週間もすれば、マクロード・ガンジの母親のもとに戻ってくるのだ。

ミセス・トリンチがナイフでそのミステリアスなお届け物のラッピングテープやら包装紙やらを切り裂いていくと、中から霜がびっしりついたプラスチックの容器が現われた。その中身は赤い液体だった。彼女の名前を記した封筒も入っていた。

「親愛なるミセス・トリンチ」とあり、そしてこう続いていた。「先日、法王様とともに美味しくいただきましたアーユルヴェーダの素晴らしいお食事に感謝いたします。予定しておられたラズベリーのデザートがあいにく間に合わなかったということをお聞きし、残念に思います。というわけで、私のお気に入りのアーユルヴェーダ・レシピの一品をお届けいたしますので、お楽しみいただければと思います。ゲストのみなさまやあなたさまのご健康とご多幸をお祈りいたします」

「なんてことでしょう！」ミセス・トリンチは手紙を穴が開くほど見ていた。「なんて素晴らしい！ なんてご親切なこと！」すぐに彼女はフタを開け、味見をした。そして目を閉じ、口のまわりを舐めながら思わず声をあげた。「絶妙！」「私が作るのよりうんと美味しいわ」彼女は容器を持ち上げてどれくらい入っているかを見てみた。「これだけあれば、今日のお口直しにちょうどいいわ」

その後、テンジンとチョギャルが昼食のことを話しあっているのを聞いた。美味しい食事のおもてなしで政治協定の一致をはかろうということだった。首相としては、法王様の料理人がインド人ではないということがにわかには信じられず、彼女を二階に呼んで誉めたたえた。言うまでもなく、首相はラズベリー・ソルベに大満足の様子だった。「ことが万事うまくいく筋道って、面白いものだね」

テンジンは今までを振りかえってチョギャルに言った。「ミセス・トリンチは前よりずっと穏やかだし、幸せそうじゃないか」

「そうだね！」チョギャルは心からの同意を示した。

「それにだよ、今日のラズベリー・ソルベときたら神技じゃなかったか？」

「まさに神技だね」

第九章

ベジタリアンの悩みと選択——いのちの平等性

「彼女、何をしてるんだって?」と受話器を持っていたテンジンの声は急に荒くなった。すぐうしろの書類用のキャビネットの上でうとうとしていたアタシは顔をあげた。いつものテンジンじゃないみたいだった。如才ない彼が、こんなに激しい反応をするなんて。

机の向こうのチョギャルが驚いた顔をしたのを見た。

「もちろんだよ」と言いながら、テンジンは机の上の写真立てに手を伸ばした。銀色のフレームの中には、オーケストラをバックに黒いドレスに身を包みバイオリンを弾いている若い女性が写っていた。彼の妻、スーザンだ。何年も前にオックスフォード大学で彼らが出会ったとき、彼女はすでに演奏家として活躍していた。テンジンがダライ・ラマ法王の外交アドバイザーとして公務に就く前のことだ。息子ピーターと娘ローレンが生まれるずっと前のことだ。そのローレンももう十四歳。いわば思春期。親の苦労がどんなものか、テンジンは以前チョギャルに打ち明けたことがあった。アタシは、この電話はたぶん娘のことじゃないかと狙いをつけた。

「わかった、あとで話そう」とテンジンは電話を切った。

いつものことだったがテンジンは四六時中忙しかった。いつもの広報の仕事のほかに、法王様のアーカイブの移転を計画していて、来週までにはなんとかしなくてはならなかった。

六十年以上に及ぶ重要な記録がすぐ隣の資料室に山のように保管されており、すでに多くが電子化されていたが、それでもまだかなりの分量となる重要な国際的な合意や、財政目録、ライセンスなどいろいろな記録を保管しておかなくてはならなかった。そこでテンジンはナムギャル寺にこうした資料を厳重に保管する安全な倉庫となる部屋を確保し、細心の注意を払って三日間続けて間を開けずに移動させる予定でいた。この三日間は珍しく法王を訪ねてくる客の予定が入ってなかったので、仕事が中断されることがほぼないだろうと予測したからだ。

この手の仕事は、「退屈極まりない行政」と呼ばれることが多々あるけど、ジョカンでは違っていた。毎日の雑用でさえ単調さのなかに目に見えている以上の価値があると受け止められていたのだ。

そのよい例がこの資料の移動だ。テンジンがダライ・ラマとの午後の打ち合わせでお茶を飲みながらこの計画の大筋を話したところ、法王様は賛成し、しかも引っ越しに際しては手伝いのお坊さんをつけてくれることになった。これにはテンジンも恐縮した。

翌朝、法王様は寺での朝いちばんの儀式を終えて、二人の若く頑強なお坊さんといっしょに、タシとサシという名のまだ十代にもならないくらいの新米の見習い僧を連れて戻ってきた。法王様が彼らのほうを向くたびに、サシとタシは熱心に五体投地（両手、両膝、額を床に着け全身を投げだす礼拝）を繰りかえしていた。

「引っ越し要員としてボランティアが二人来てくれましたよ」と法王様は二人のほうを振り向き、「それから、ネコ様のお世話係も二名いますよ」と言った。

テンジンが法王様の考えに少しも驚かなかったら、あんな様子は見せなかっただろう。ネコという生きもののことが考慮されない公文書の大移動なんて、ありえないでしょ？　秘書室からファイルを移動させるとなると、アタシのいつもの怠惰な生活は乱されるに決まっている。アタシがいつも陣取ってる見晴らしのいい場所はなくなるわけだし。そんなわけで、引っ越しの三日間は、アタシは隣の客間に入れられることになった。広くて、明るくて、アームチェアとコーヒーテーブルがあって、主要な新聞も揃っていて、パソコン用の机がある部屋よ。ここは、法王様と会見する客の待合室になっているの。

ダライ・ラマはタシとサシにどんな仕事をするのかを説明した。アタシを優しく抱いて客間に運び、窓の敷居の隅のフリースの毛布が用意されたところにアタシをのせること。水とビスケットを入れたボウルはいつも清潔に保ち、それぞれ補給するのを忘れないこと。アタシが一階に行きたがっているときは、踏みつけられないようについていくこと。そして、アタシが寝ている間は、そばで瞑想し「オム・マニ・パメ・フム」と唱えていること。

「何にもまして大事なことは」と法王様はきっぱりと力をこめてこう言った。「慕っているラマに接するのと同じようにこの子の世話をするのですよ」

「あなた様こそが私のお慕い申し上げるラマです！」年下のサシが抑えきれないように激しく言いながら、自分の胸に手を当てた。

「それなら」法王様は笑みを見せて言った。「ダライ・ラマだと思って世話をするようにしなさい」

二人はまじめに言われたとおりにした。ダライ・ラマ級の扱いを受けたのはカフェ・フランク以来だった。引っ越しが始まった日の昼近くに秘書室に戻るといつもアタシが座っていた資料用のキャビネットが部屋の反対側に寄せられていた。大概のネコは見慣れた光景が馴染める程度にどこかちょっと変化しているくらいが大好きなんだけれど、かくいうアタシもそうなので、すぐさまキャビネットにとび乗り、新しい視点から部屋を眺めてみた。

テンジンが電話で声を荒げた一週間前のことなどすっかり忘れていたけど、その日の午後、妻との電話を終えた様子から、彼がただならぬことで悩んでいるのが手に取るようにわかった。

チョギャルは心配そうに彼を見上げてどうしたのか聞こうとした。

「ローレンのことなんだ」と彼は言った。「先週、スーザンがローレンの部屋に入るとローレンはベッドに座って、こそこそした様子でうしろになにかを隠していたんだ。ローレンは何でもないようにふるまっていたんだが、スーザンはおかしいと直感したんだ」

「このところローレンのやつ、ちょっと変なんだよ。疲れやすくて眩暈がするらしい。まるで別人のようなんだ。ある日、スーザンが彼女の部屋を掃除していたらベッドの下に石ころを何個か見つけたそうだ。いろんな大きさのだ。スーザンは意味がわからなかった。うしろに隠していたのはこの石なのかと思った。でも、なぜ、石を?」

「で、スーザンが石のことを訊ねたら、ローレンは急に激しく泣きはじめたんだ。きまりが悪かったせいでなかなか口を開かなかったが、やっと本当のことを言ってくれた。石を食べていたんだ」

チョギャルはまさか、という顔をした。

「石って、どこの……?」

「本当に変なんだけど、どうにも説明のつかない衝動にかられて、庭に行き石を見つけて嚙もうとするんだ」

「なんてことだ！」

「スーザンが医者に連れていったら、彼女の行為は見た目には普通ではないが、決してこういうことがないわけではないらしい。十代の女の子は、チョークや石鹼なんかを無性に食べたくなるときがあるらしい。これは、栄養素の欠乏からくる欲求だそうだ。彼女の場合は、鉄分の不足が原因だった」

「そうなんだ！」チョギャルはドキッとして聞いた。「彼女、ベジタリアンだっけ？」

テンジンはうなずいた。「母親もそうだし」

「鉄分のサプリメントが処方されるのかい？」

「急場をしのぐにはそうするらしい。でも医者が言うには、長期的には、毎日の食事から摂るのが基本で、赤身の肉を勧められた。いちばんいいのは牛。しかし、彼女は受け入れないんだよ」

「主義として？」

「彼女はこう言うんだ、『動物が殺されるのは嫌なの。なぜ、鉄分のサプリメントじゃいけないの？』ってね。スーザンも私も本当に心配なんだ」

「ティーンエージャーを説得するのは難しいよ」

「その年頃の子供は親の言うことなんか聞きやしないからね」

テンジンは首を横に振りながら言った。「別の解決法がないか探しているんだ」

その解決法とはどういうことだったのか、二日後にわかった。引っ越し最終日の三日目のことだった。アタシは客間でうとうとしていて、二人の小坊主がそばでマントラを唱えていたときだ。テンジンがスクールバッグを抱えたローレンを引き連れて入ってきた。放課後、母親が出かける用があって留守だったので、ジョカンで宿題をやるためだった。毎年、何回かはそういうことがあった。ここに来ればいつもローレンはオフィスでテンジンとチョギャルといっしょにいたが、この引っ越し騒動で、テンジンは客間の隅の机を彼女にあてがった。

ここまでは、ほんの前置き。

彼女は教科書を取りだすと、英語の宿題をやりはじめた。読解力の問題集に熱中していると、三十分ほどしてダライ・ラマの部屋のドアが開いた。法王様がこちらに向かってくるとわかると、彼女は嬉しさでいっぱいの表情になった。

「ローレン、会えてなによりだ！」法王様は手を胸に当て、彼女に会釈をした。

彼女は先に立ち上がってお辞儀をしていたが、それから、ぎこちなく法王様とハグを交わした。法王様は彼女が生まれたときからかわいがっており、二人の間には温かな空気が満ちていた。

「調子はどうですか、マイ・ディア」

こう聞かれたら、大概は礼儀にのっとった答え方をするだろう。ところが、相手がダライ・ラマだったからか、はたまたダライ・ラマの聞き方が彼女の気持ちを揺さぶったからか、ローレンはこう答えた。

「鉄分欠乏症にかかっているんです、法王様」

「おお！　それは気の毒に」法王様は彼女の手を取ると、ソファに腰を下ろし、彼女を隣に座らせた。

「医者がそう言ったのかい？」彼女はうなずいた。「治せますよね？」

「そこが問題なのです」彼女の目に涙があふれた。

「お医者さんは私に肉を食べなさい、と言うのです」

「そうか、あなたはベジタリアンだったね」と法王様は彼女の手をそっと握った。「常にベジタリアンでいることは理想だ」

「わかってます」と彼女は憂鬱そうにうなずいた。

「もし、慈悲によって、生きものの肉を食べることを完全にやめることができるなら、それがいちばんだ。けれど健康上の理由などがある場合、四六時中ベジタリアンでなくてもいい。だから、あなたはそのようにすればいいんですよ」

「四六時中じゃなくても？」

法王様はうなずかれた。「私もときどき栄養を摂るために肉を食べなくてはいけない、と医者から言われているんだよ」

「まさか！　そうなんですか？」と彼女は法王様をまじまじと見た。

「そうです。それで私はこう決めたんですよ。四六時中ベジタリアンを通せなくても、できるだけそうした食生活をし、極端に走らないようにしよう、と。ベジかノン・ベジかを白黒はっきりさせる必要はないのです。ちょうどいい加減のところを見つければいい。ときどき、栄養面を考えて肉を食べるのはいいが、肉食ばかりの必要はない。私の願いとしては、みなさんがこのように考えてくれれば嬉しい」

ローレンには思いもよらない考え方だった。

「食べるためという理由だけで、動物を絶対に殺したくないとすると？」

「ローレン、あなたは心優しい人だ！　けれど、それは不可能なことなのだよ」

「ベジタリアンには可能だと思います」

「違うのだ」法王様は頭を横に振った。「動物だけではなく、もっと全体のことなんだよ」

彼女の眉が陰った。

「菜食の食事療法においてすら、生きものたちは殺されている。作付けのために畑を耕すときにも、そこにもとからあった自然界の棲家は破壊され、無数の小さな命が殺されてしまう。そして作物が植えられ、農薬がまかれると、たくさんの虫が死んでいく。このように、ほかの生きものたちに害を与えないのは大変難しいことなんだよ、とりわけ、食べ物に関してはね」

ベジタリアンであれば生きものを殺さなくてすむと考えていたローレンにとって、これはすぐに納得できることではなかったが、彼女の考えは揺らぎはじめた。

「お医者さんは赤身の肉を食べなさいと言うの。でも慈悲の観点から考えると、動物の肉を食べるより、魚のような生きものを食べるほうがまだましなのではないかしら？」

法王様はうなずかれた。「何を言いたいか、わかるよ。でも、こういう言い方をする人もいる。牛を食べるほうがまだいい、なぜなら、牛は一頭で千人以上の人に肉を供給できる。魚一匹だと一人前の食事にしかならない、とね。その一人前の食事のために、小エビ料理だと、何匹も、つまりたくさんの生きものを殺していることになる」

ローレンはずっとダライ・ラマを見つめていた。しばらくして彼女は言った。「こんなに複雑なことだとは思わなかったわ」

「これは本当に大きなテーマだね」法王様も同意見だった。「ある人はあなたにこの方法しかないと言うかもしれない。それはたまたま彼らがいいと思った方法で、ほかの人たちも同じように考えなくてはいけないと思っているわけだ。でもそれは、個人個人の選択の問題なのだよ。大切なのは、慈悲と智慧に基づいて方法を選択しているかどうか、それを自らに問うて確認してみるといい」

彼女は心底納得してうなずいた。

「食事をする前には、ベジタリアンであろうがなかろうが、私たちは生きものたちの死の恩恵にあずかって食べることができるのだということを思いださなくてはいけない。この生きものたちにとってのいのちは、あなたが自分のいのちを大切に思うのと同様に大切なものだった。あなたが健康でいられるのも彼らのおかげなのだから感謝の気持ちを持って、彼らがなした犠牲が因となり、彼らがより高い次元に生まれ変わりますようにと祈りなさい。そして、彼らを悟りに導けるようになるために自分たちがすばやく完全な悟りに到達できますように、そのためにこそ健康を維持できますように、と祈るのです」

「はい、法王様」ローレンはそう答え、お辞儀をした。

一瞬、部屋中が暖かな輝きにあふれかえった。アタシが寝ているそばで、二人の小坊主は隅で会話を聞いていたが、続けてマントラを小声で唱えはじめた。

法王様はソファから立ち上がり、客間を出ようとする前にこう言った。「ほかのすべての生きものは自分と同じ生きものなんだと考えることが役に立ちます。できるだけそう考えなさい。生きとし生きるものは幸せを求め、どんな小さな苦しみをも避けようとする。ほかの生きものは人間に利用されるために存在する単なる物ではないのだ。マハトマ・ガンジーが残した言葉に、『国とその国のモラルのレベルは、動物をどう扱っているかを見ればわかる』というものがあった。納得できるだろう？」

その日の午後遅く、アタシはいつものお気に入りとなっている窓の敷居の上にいた。ダライ・ラマも部屋にいた。ためらいがちなノックの音がして、小坊主が二人現われた。

「法王様、お呼びでしょうか？」と年上のタシがどことなく緊張気味に口を開いた。

「そうだよ」とダライ・ラマは机の引き出しから白檀の数珠を取りだし「これはこの子を世話してくれたお礼だ」とそれぞれに渡した。

二人はうやうやしくお辞儀をしながら数珠を受け取った。

法王様は瞑想修行をするに際して、マインドフルネスの重要性を手短に説かれ、慈しみに満ちた微笑みで彼らを見つめた。

短い会見は終わったようなものだったが、二人は立ったまま動こうとせず、お互いに落ち着かない様子で目配せをしあっていた。

ダライ・ラマが「さあ、帰りなさい」と言われたとたんに、タシがさえずるような小声で聞いた。「ひとつお聞きしてもよろしいでしょうか、法王様？」

「もちろん」とダライ・ラマは目をキラリとさせて答えた。

「今朝、法王様が衆生についてお話になっているのを聞いていました。彼らは利用されるためだけの単なる物ではない、と」

「そのとおりだ」

「私たちは懺悔しなくてはなりません。酷いことをしてしまいました」

「そうなんです、法王様。でもそれは、私たちがお坊さんになる前のことです」とサシが言葉を挟んだ。

「デリーにいたとき、家族はとても貧乏だったんです」タシが説明しはじめた。「あるとき、路地裏に四匹の子ネコを見つけて、六十ルピーだったかで売ったんです」

「六十ルピーと……二ドルです」とサシがつけくわえた。

「何も聞かれずに買ってもらえました」タシが言った。

「たぶん、毛皮のコートにするために買ったんだと思います」とサシが思いきって言った。

窓の敷居からアタシは突然身を乗りだした。こんなことってある？　この小坊主どもが、アタシを温かくて安全な家族から乱暴に連れだしたあの恥知らずな小悪魔たちと同一人物ってわけ？　アタシと兄弟姉妹たちを、まだまともに乳離れもしてないっていうのに、母親から残忍にもぎ取っていった連中なの？　まるで売り物同然に叩き売った連中？　あいつらがアタシを泥水の中に押しのけて、自尊心をめちゃめちゃにしたのだ。それに売れなかったら、平気で殺そうとまで考えていたんだから、忘れようとしても忘れられるわけがないでしょ！　愕然とした。同時に、たまっていた憤りが一挙に噴き上げてきた。

でも、こうも思ったの。もし連中がアタシを売っていなければ、死んでしまったかもしれないし、デリーのスラムで一生過ごすことになったかもしれない。だけどそうならずに、アタシはジョカンのスノーライオンとして今ここにいる。

アタシの気持ちも知らずにタシは続けた。「最後に残ったチビネコは小さくて泥だらけでそれに歩くこともできないくらいでした」

「捨ててしまおうとしたんです」とサシが言った。

タシもこう言った。「古新聞に包もうとしてたところでした。もう、死にかけているように見えましたから」

「そうしたら、お金持ちの紳士がやってきて二ドルくれたんです。そういうことだったんです」とサシが言った。そのときの興奮は彼の心に今も鮮明に残っていた。

そのときのことは、アタシだってはっきりと覚えている。けれど、この出来事に対する彼らの感情は、このときと同じではなかった。

「なんて酷いことをしてしまったのだろうと思っています」二人ともすまなさそうだった。

「自分たちが得をするために小さな子ネコを利用するなんて……」

「そうでしたか」法王様はうなずいた。

「とくにいちばん下の子ネコが、とても弱っていたので……」タシは言った。

サシは首をうなだれて言った。「お金をもらったけど、あの子ネコはたぶん死んでしまっていると思います……」

兄弟は法王様のほうを緊張しながら見つめた。自分たちの利己的な行動で大目玉を食らうのではないかと思ったのだ。

しかし、非難されなかった。そうではなく、真剣に諭《さと》された。「仏教では罪悪感が入りこむ余地がない。罪悪感は役に立たない。変えることのできない過去のことをあれこれ否定的に考えるのは意味がない。しかし、後悔はどうだろうか？　そう、後悔はよほど役に立つ。あなたたちは、自分たちのやったことを真剣に後悔してるかい？」

「はい」二人は声を合わせた。

「もう二度とあのように生きものを傷つけないと誓っているかな？」

「はい、法王様！」

「慈悲の瞑想修行をするときには、あのかわいそうな子ネコと、あなた方の愛と守護を必要としている弱くて傷つきやすい無数の生きもののことを考えなさい」

法王様の顔に光が射した。「あの子ネコ、あなたがたは死んでしまったかもしれないと思ったようだが、素晴らしいネコに成長しているのを見せてあげよう」

法王様はアタシが座っている敷居のほうを示した。

彼らは振り向いてアタシを見た。タシが叫んだ。「法王様のネコ!?」

「二ドル渡したのは私のスタッフだ。ちょうどアメリカから帰ったばかりで、インドのルピーを持っていなかったのだ」

　彼らはアタシのそばに来ると頭と背中を撫でた。

「私たちがみんないっしょに今こうしてナムギャル寺で楽しく暮らしているのはとても幸運なことだ」と法王様は言った。

「はい、おっしゃるとおりです」とサシは答えてこう言った。「とても不思議なカルマだと思います……三日間世話をさせてもらったネコが、まさか昔売り飛ばしていたネコだったなんて！」

　ダライ・ラマ法王は千里眼だと信じられているので、そんなに不思議なことではないのかもしれない。法王様があの二人をアタシの世話係として選んだのは、彼らの過去の行為が理由だとアタシは思う。法王様は、悔い改める機会をつくってあげたのだわ。

「そうなんだよ、カルマは予期しない状況へと私たちを押しやる」と法王様は言った。「だからこそ、すべての生きものに対して愛と慈悲を持って接することが必要なんだ。今生でもそういうことが起きている、というわけだね」

第十章

恋と仏教、両天秤にかけてみると——科学としての仏教

読者のみなさんは決断ができなくて立ちすくんでしまったという経験はないかしら？　選択を迫られている状況で、こうすればこうなる、ということがわかっているけど、一方では、別のことをすればもっといい結果になる、ただしその確率はかなり低いという場合、どちらを選んでいいかわからなくなるということがあるでしょ？

きっとネコたちにはそんな複雑なことで迷うことはないだろうと思われるかもしれない。それって、あれこれ考えるのはホモ・サピエンスの専売特許という観念がこびりついているのかも。

ネコにもそういうことが起きるのは事実よ。実際にあったんですもの。飼いネコは、仕事のキャリアを積まなくてもいいし、営業にまわる苦労もない。人間社会のように来る日も来る日もベルトコンベヤーに乗っているような決まりきった活動もないの。ただ、驚くほど似ている部分がある。

なにかって？　もちろん恋に関すること。

人間なら、手紙やメールや電話を死にたいような気持ちになって待つだろうけど、アタシたちネコには別のやり方があるの。形はどうでもいい。重要なのは、イエスの返事。必死になって求めていたんですもの。

トラネコを見かけたときがちょうどそうだった。瞬時に魅了されたわ、街灯の緑の光に浮かび上がるその姿に。実際にお互いを認識しあったのはアタシがチョギャルのところにいたときだけど、それはもう、身も心も震えたわ。向こうもそうだったと思う。でも会ってからすぐにチョギャルのところを出てしまったので、今、アタシがどこにいるかわかるのかしら？　家を知っているのかしら？　自分から頑張って行動を起こしたほうがいいかな？　そうね、夜になったら寺の裏庭を横切って、向こう側の知られざる魔界を探検してみる、とか。それとも、謎のネコとしてカッコよくそ知らぬふりをして、彼のほうから探しに来るのを待つのがいい？

この状況にドンピシャな答えを持ってきたのは法王様の通訳、ロプサンだった。こういう場合にはよくあることだけど、本当に偶然だった。背が高く痩せていて三十代半ばとおぼしきチベット仏教僧のロプサンはブータン生まれで、ブータン王族の遠い親戚に当たる。アメリカで西洋の教育を受け、エール大学で言語学と記号論の哲学博士号を取得した。背も高いし、知性の輝きもあるので目立つの。だから部屋に入ってくればすぐ気がつくんだけど、知性だけじゃなかった。静けさのオーラっていうのかしら、平静さを身にまとっていた。細胞の一つひとつから彼のなかの深い安らぎが放射され、彼のまわりの人々にも影響を与えているようだった。

さらに、通訳としての仕事のほかにロプサンはジョカンでの情報テクノロジーのいっさいを任されていた。パソコンが言うことを聞かない、プリンターがご機嫌斜め、はたまた衛星受信機がうまく作動しないというとすぐさま呼ばれるのはロプサンで、持ち前の平静さと鋭い論理で問題に対処してくれる。

ある午後、ジョカンの主要なモデムがチカチカしたときもテンジンはすぐに下の階のロプサンを呼んだ。手早くチェックすると、電話線に問題があることをロプサンは突き止めた。ただちに電話会社が呼ばれた。

そういうわけでダラムサラ・テレコムのテクニカルサポートの代理店からラージュ・ゴエルがやって来た。二十代半ばのパッとしない男だった。カラダはがっちりしていて髪の毛はもじゃもじゃ。この仕事にひどく不満を持っていて、客への対応はなってなかった。あきれるほど生意気で厚かましいったらないの！

しかめっ面のうえぞんざいな態度でジョカンのモデムと電話線を見せるように要求した。それは、回廊の先の小さな部屋にある。金属製のケースを乱暴にガチャンと棚の上に置くとカチンと留め金を開けて、懐中電灯とスクリュードライバーを取りだし、ケーブルのもつれをあれこれと突っついてみたりした。その間、ロプサンは少し離れて静かに見ていた。

「汚ねえな、ここは」とラージュ・ゴエルはうなるようにつぶやいた。ロプサンは何も聞かなかったようなふりをしていた。

ぶつぶつ言いながら仕方なくごそごそやりはじめてモデムの裏側に繋がっているケーブルを辿っていきながら、技術屋はシステムの保全やら、干渉妨害やら、ほかの不可解なことについてひとしきり文句をたらたら垂れると、やっとモデムを乱暴につかみ、裏側のケーブルの束をぐいぐいと引いて両手でモデムをひっくり返した。

ラージュ・ゴエルが不平不満を垂れ流している最中、テンジンがちょうどそこを通りかかった。彼は、ロプサンの眼のなかに静かな好奇心を見てとった。

「こいつを開けなきゃならないよ」と技術屋は非難めいた口調でロプサンに言った。

「わかった」ダライ・ラマ法王の通訳はうなずいた。

ラージュ・ゴエルはケースの中をひっかきまわしてさらに小さなスクリュードライバーを取りだし、厄介なモデムを修理しはじめた。

「宗教やってるひまなんてねえな」

ひとりごとだったのだろうか？　それにしては、声が荒々しかった。

「くだらない迷信ってことよ」数秒後にはさらに大きな声で難癖をつけていた。

ロプサンは彼の言葉に反応しなかった。口元がかすかに緩んだくらいだ。彼の態度にラージュ・ゴエルは満足できなかった。モデムに覆いかぶさって頑固なネジと格闘しながら、「連中の脳みそをくだらない信仰とやらで満杯にすることのどこがいいのかね？」と今度は返事をさせようとばかりの勢いで言った。

「まったくだね」とロプサンが言った。「いいことなんて全然ない」

「ふん！」間をおいて相手は怒った声を出した。思いどおりにならないネジをなんとか征服したところだった。「そうは言うけど、あんたは宗教信じてるんだろ？」そしてロプサンを鋭く射貫くような視線を投げた「あんた、信者だろ」

「まったくそうとは思ってないんだ」ロプサンは静かな気配をただよわせていた。間をおいて彼は続けた。「ブッダは入滅前に弟子たちにこう言われたんだ。これまで教えてきた言葉をそのまま信じているのは愚かで、自らの経験に照らしてそれをチェックしてみることが大切だ、とね」

技術屋の着ているポリエステルのシャツに汗がまだらに滲みはじめていた。ロプサンの答えが彼は気に入らなかった。

「卑劣な言い訳だ」彼はイラッとして吐き捨てた。「寺でブッダに礼拝してる連中はよ、祈禱もしてるだろ。これを盲信じゃないというのか？」

「答える前に聞かせてほしいことがあるんだが」ロプサンはドア枠に背もたれて、こう言った。「君が働いているダラムサラ・テレコムに午前中に二本の電話がかかってきたとする。一人はファイルの棚をモデムの上に倒してしまったという内容。もう一人は、妻の通販電話ショッピングに腹を立ててハンマーでガンガンやってモデムを壊してしまったという内容。どちらもモデムは壊れていて修理をするか、買い替えるしかない。君なら、どちらの客にも同じように対応するかい？」

「そりゃあ、ないだろ！」ラージュ・ゴエルは睨みつけた。「仏像に礼拝したり頭をすりつけたりしてることと何の関係があるんだ？」

「大いにあるんだ」ロプサンの寛大な態度はラージュ・ゴエルのとげとげしさをいっそう際立たせた。「その理由を説明しよう。その二人の客はね……」

「一人は事故だろ」と技術者は不意に声高に言葉を差しはさんだ。「もう一人は暴力でわざと壊したんだ」

「壊したという行為そのものより、動機が重要だと、つまりそういうことを君は言っているんだよね？」

「そうともさ」

「だから、同じことじゃないか？　ブッダに礼拝する場合、本当に大事なのは動機であって、礼拝の行為そのものじゃないということだろう？」

ここにきて、テクニカル・サポートの彼はやぶへびだったことに気がついた。もうあと戻りはできなかった。

「動機は明白だろ」と彼は言い張った。

ロプサンは肩をすくめて言った。「どうしてそう思うのか、説明してくれ」

「動機はこういうことだ。ブッダに許しを乞うているんだ。救いを期待してるんだ」

ロプサンは思わず笑い転げた。その様子はバカにしたところなどなく、陽気な明るさに溢れていたので、ラージュ・ゴエルの憤りは、初めて和らいだ。

「もしかして、君は別の考え方をしているのかもしれないが」とロプサンはしばらくしてから言った。「悟った方々は、私たちから苦しみを取り除くこともできなければ、幸せを与えることもできない。もし、そんなことができるのだったら、とっくに、そうしているはずだろう？」

「じゃあ、なんなんだよ？」技術屋はモデムをあれこれいじくり首をかしげていた。

「さっき君が言ったとおり、動機が何より重要なのだ。ブッダの像というのは、悟りの境地を表している。悟った方々は、なにもみんなに礼拝してほしいわけじゃない。そもそも、そんなことを気に留める必要はないだろう。礼拝するのは、もともと私たちのなかにも悟りの可能性があることを想い起こすためだと言える」

ラージュ・ゴエルはようやくモデムをもとどおりにして、中の電気回路の接続部を触っていた。「もし、ブッダを崇拝しないのなら、仏教っていったい何なんだ？」彼は声に鋭さを保とうとしたが、無理があるようだった。

ロプサンはやっと相手とまともに話しあいができるところまでこぎつけたと思った。「仏教は心の科学なんだ」と彼は言った。

「科学だって？」

「もし誰かが、意識の本性とはなにかを発見するために何千時間という膨大な時間をかけて、綿密な調査探求を行ったとしたら？　ほかの人たちは二千年以上もの間、その同じ探求を繰りかえしてきただけだ。心の潜在力や可能性について知的な理解だけではなく、それを悟るためのもっとも速く直接的な方法が確立していたとするなら、すごいことではないだろうか？　これが仏教の科学なんだよ」

ラージュ・ゴエルはモデム内部の作業を終えて、ふたを閉めるところだった。しばらくして彼は言った「量子力学に興味があるんだ」それから、ひと呼吸おいてこう言った。「モデムは直ったけど、安全を確かめてリセットしなきゃならない。電話回線の事故は報告済みだから、十二時間以内につながるはずだ」

おそらくロプサン特有の格別な穏やかさが彼に影響を与えたのだろう。もしくは、通訳者である彼の話しぶりが、相手の一方的な考え方をやめさせたのかもしれない。いずれにしても作業を終え、道具をしまう頃には、文句や不平不満は聞かれなくなっていた。

回廊を戻りロプサンのオフィスを通り過ぎると、彼は「思いついたことがあるのでちょっと待って」と言うとひょいと部屋の中にとびこみ、壁際に並んでいる本棚からある本を引っ張りだした。

「『量子とロータス』」ラージュ・ゴエルはページをパラパラめくる前にタイトルを口に出して読んだ。

「もしよかったら貸すよ」

表紙には、著者のマチウ・リカール（フランス人のチベット仏教僧）からの献辞が記されていた。

「サインがあるね」と客は気づいて言った。

「マチウは友人なんだよ」

「彼はジョカンに来たのかい？」

「初めて会ったのは、アメリカだった」とロプサンは言った。「アメリカには十年住んでいたからね」

ラージュ・ゴエルはこのとき初めてロプサンを親しげに見た。この意外な新事実は今までロプサンが話したどんなことよりも彼の興味をそそった。自己本来の可能性に目覚めることや、悟りを成就することなどよりも。

なんだ、なんだ、アメリカに十年も住んでいたんだって！

「ありがとうございました」と訪問者は礼を言うと、借りた本をブリーフケースに滑りこませ、

「返しに来ます」と言って去っていった。

次の月曜日の午後、ラージュ・ゴエルの声が回廊から聞こえてきた。ジョカンにはあれほど無作法な訪問者はめったに来ないので、昼寝をしていたアタシは好奇心に刺激されて、客の声がするほうに行ってみた。客はもうロプサンのオフィスに招かれていた。

あの技術屋さんはまた喧嘩を吹っかけに来たのかな？

ところが、その想いは吹っ飛んだ。乱暴で怒りっぽかった先週とはまるで人が変わったみたいだった。敵対心で身を固めていない彼は、なぜか少し寂しそうに見えた。色あせたシャツと使い古したブリーフケースのせいで、よけいそう見えたのかもしれない。

「そのあとは電話回線は大丈夫ですか？」アタシがロプサンのオフィスに忍びこんで客のちょうどうしろにいると、そう確認していた。

「完璧だよ、ありがとう」ロプサンは机の向こうにいた。

客はブリーフケースから借りていた本を取りだした。「この本は面白い見方を示していました」つまり彼はこう言いたかったのだ。「先週は攻撃的で申し訳なかった」と。

記号論専攻だったロプサンは彼の言ってる意味がわかった。

「そうか、よかった」彼はうなずいた。「君が興味を持ってくれればいいなと思ったんだ」その心は「いいんだ、許すよ。誰にだって、いろいろあるさ」だった。

しばらく沈黙があった。ラージュ・ゴエルはロプサンを見ずに、なにか適切な言葉を探そうとして数秒間部屋を見まわした。

「そういえば、あなたはアメリカに住んでいたのですね？」とやっと口を開いた。

「そうだよ」

「十年間？」

「そのとおり」

それからまた長い沈黙があった。しばらくして「アメリカはどうでしたか？」

ロプサンは机を手で押して椅子をうしろにずらし、客が彼と目を合わせるまで待ってこう聞いた。「なぜ知りたいんだね？」

「向こうに行ってしばらくの間住みたいんだ。それなのに、うちの家族は結婚させようとしているんだ」ラージュ・ゴエルは話しはじめた。

ロプサンが聞いてくれたことで、彼のなかの心理的ブロックがはずされたようだった。もう止まらなかった。彼は一気に話しはじめた。「ニューヨークに友だちがいるんだ。その友だちがうちに来ないか、と言ってくれている。ぜひともそうしたいと思っている。ずっとニューヨークに行ってドルを稼いでみたいと思っていたんだ。映画俳優に会えるかもしれないじゃないか。ところが、うちの親はこの娘を選んできて……ほら、この娘だよ。で、向こうの親も結婚を望んでいるんだ。アメリカは逃げないよ、と言ってね。会社のボスも、経営管理のトレーニングに行くよう押しつけてくるし、そうすると六年間も学費のローンで会社に縛られることになって逃げられなくなるようで嫌なんだ。今だって、仕事のプレッシャーは辛すぎるのに」

堰を切ったかのようにあふれでたおしゃべりがやむと、部屋は静けさに包まれた。ロプサンは、「お茶はどうかね？」と言って部屋の隅の椅子をすすめた。

しばらくすると二人は並んで腰を掛けていた。ロプサンがお茶をすすっている間、ラージュ・ゴエルは心の葛藤について、あからさまに話した。この相克するプレッシャーこそが、先週の彼の不愉快極まりない態度の原因だったことは疑う余地がない。彼は、アメリカを旅行中の友だちの様子をＦａｃｅｂｏｏｋやＹｏｕＴｕｂｅで見ることがどんなに辛くなることかと語った。両親にとっては、彼がダラムサラ・テレコムで中間管理職として働くのは願ってもないことだったが、彼には彼なりの事業家としての夢があったことも話した。自分の気持ちに従って、翼を広げて飛び立ちたい。しかし、犠牲を払ってまでいい教育を受けさせてくれた両親への義理を考えるとそれもできず、その葛藤が絶え間ないプレッシャーになっている、という。

とくにこの二、三週間、ひどく不安で眠れなかった。アメリカに行くこと、ダラムサラに残って結婚すること、この二つの行為のそれぞれのメリット、デメリットをどんなに理性的に考えようとしたかをロプサンに言った。

ここで、二人の会話は、急にアタシの個人的関心を引いた。これはこっちと、あっちと、どっちがいいかを両天秤にかけるお話じゃない！　それって、アタシとラージュ・ゴエルはこの点に関して似ているということね。

ついに、客人はこの訪問の本当の目的を告白した。「どうしたらいいか、アドバイスがもらえるんじゃないか、と」

アタシは空いているアームチェアめがけてとび乗ると、一言も聞き逃すまいと青い目をパッチリ開いてロプサンをじっと見つめた。彼がどう答えるかに、とても興味があったの。

「私にとくに知恵があるわけじゃない」ロプサンは言った。優れた修行者ならではの答え方だった。「私は悟っているわけでもない。なぜ、私がアドバイスできると思ったのかわからないね」

「そう言われますが、あなたは十年間もアメリカに住んでたわけですし」ラージュ・ゴエルはあきらめなかった。「それに……」ロプサンは彼が言い終えるのを待った。「物事をよくご存知だ」

ラージュ・ゴエルは、一週間前にはロプサンの教養を疑わしく思っていたにもかかわらず、この場で知性の高さを認めた発言をしたことがきまり悪かったのか、視線を落とした。

ロプサンは、シンプルにこう聞いた。「その娘を愛しているのかい？」

ラージュ・ゴエルはそう聞かれて驚いたようだ。肩をすくめて、「一度写真をみただけだから、なんとも」その答えはしばらく宙に浮いていた。まるで一筋の煙のように頼りなく。「彼女は子供が欲しいらしい。自分の両親も子供を欲しがっているんだ」

「君のその友だちは、いつまでアメリカにいるんだい？」

「ビザは二年で、海岸沿いを旅する計画らしい」

「彼らに合流したいなら、行くことになるよね？」

「すぐにね」

ロプサンはうなずいた。「じゃあ、なんで行けないんだ？」

「両親のことなんだ」とラージュ・ゴエルはきつい口調で言いかえした。まるでロプサンが自分の言ってることを何もわかってくれない、とでもいうようだった。「決められた結婚と、ボスもオレにやらせたいことがあって……」

「そうだね、経営管理のトレーニングだったね」ロプサンは疑い深い口調で答えた。

「どうしてそういう言い方をするんだ？」

「どういうことだい？」

「本当はまるでオレを信じてないような口調でさ」

「本当は君を信じてないからだよ」ロプサンの笑みといったら、もう慈悲に溢れていて、怒る気にもなれなかった。

「用紙を見せるよ」と客は言った。「もらってるはずなんだ」

「そういうことじゃないんだ——トレーニングや両親のことや、結婚のことは疑っちゃいない。ただ、君が囚われてる理由がトレーニングや両親や結婚にあるとは思えないんだよ」

ラージュ・ゴエルの額に深いしわがまたしても刻まれた。このときのしわは困惑のしるしだった。

「結婚のことや、両親のことは責任として果たすべきことだ、と言うだろうと思っていたんだ」

「どういうことだ。私が仏教の僧侶だからか？」ロプサンは子供を相手にしているようにたしなめた。「宗教的な自分のステータスに寄りかかっていたい人間とでも思ったのか？　それで、君は私にアドバイスを求めたのか？」

ラージュ・ゴエルは恥じ入った。

「君は知的で探求心のある若者だ、ラージュ。君は人生の可能性を活かすことができるんだよ。世の中について学び、これからもまだまだ多くのことに目を向け、アメリカだけではなく、自分自身についても学ぶチャンスを与えられている。どうしてこのチャンスを摑もうとしないのだ？」

ロプサンは彼が真剣に受け止めるよう問いかけると、すぐさま返事が返ってきた。

「何が起きるかわからないと思うと怖いからかな？」

「恐怖心」とロプサンは言った。「動物的本能だね。多くの人はそのせいで一歩が踏みだせない。心の深いところでは、その一歩が自分を自由にしてくれるとわかっていても。鳥かごの鳥がケージを開けても飛び立っていかないのと同じだ。私たちは自由に飛び立って願いを達成していいのに、怖れがあるので飛ばないための口実をあれこれ探そうとする」

ラージュ・ゴエルはしばらく床を見つめてからロプサンの目を見て「そのとおりです」と認めた。

「インドにはシャンティ・デヴァという仏教の師がおられたが、このことについて的確な言葉を残しておられる」とロプサンは言うと次の一節を引用した。「カラスが死にかけているヘビに遭遇すると、まるでワシのように行動する。このように、もし自分に自信が持てないならわずかな失敗によっても傷を負ってしまうだろう」と。

「いいかいラージュ、今は弱っちいことを言ってる場合でも、恐怖に負けてる場合でもないだろう。怖れにきちんと真正面から向きあえば、状況は自分が思ってるほど大変じゃないのさ。ご両親だって、馴れてしまえばさほどがっかりもしないだろう。結婚は延期できないわけじゃないし、二年の間に、別の人との縁組が決まるかもしれない。その間、いろいろなことが楽しめるんだ。きっとアメリカは君にとって素晴らしいところだよ」

「そうだろうと思います」ラージュは確信をもって答えた。前かがみになると、ブリーフケースを持ち上げ、新たな目的を胸に椅子から弾むように立ち上がった。「あなたの言うとおりです。アドバイス、ありがとうございました！」

二人は温かな握手を交わした。

「映画スターに会ってくるといいよ」とロプサンは言った。

「そうなると思うので怖いんですよ、でも、とにかく実行します！」とラージュは熱をこめて言った。


新しいことに向かって一度やると決めたら、面白いことに、モノゴトはうまく運ぶようになっている。いつもそのことがはっきりとわかったり、すぐに結果が見えるというわけではないけど、思ってもみなかった展開になることもあるわ。

ロプサンのアドバイスにアタシも影響されて、その夜、出かける決意をした。お寺の裏庭を横切ってパテルさんのお店の角の緑色の電灯があるところまで行ってみるわ。心地いいからってくだらない言い訳をして、いつまでも窓の敷居で寝てる場合じゃなかった。失敗することの怖れや、相手に断られるのが怖い、ってことはアタシには当てはまらない話だった。ケージの扉が開いているのにその中にいるバカなセキセイインコじゃないんですもの。

せっかくの遠征は成功しなかった。お目当ての雄ネコは姿を現さなかったばかりか、何気なく道をぶらぶらしてるうちに、すっかり迷ってしまった。ナムギャル寺のお坊さんがアタシを見かけてダライ・ラマのネコだと気がついてくれなかったら、今ごろどうなっていることか。家の門まで抱いて帰ってくれたお坊さんには感謝するしかない。

翌日の午後、お昼寝から目が覚めて、ふらふらカフェ・フランクから出ていこうとすると、急に現われてぶつかりそうになったネコがいた。それがあろうことかアタシの憧れのトラネコだった。

「ひどいじゃないか、なんてことをするんだ！」と彼は叫んだ。

ネコ嫌いの店主がいる市場にかまわずに入っていったときのようだ。

「あら」と私は不機嫌そうに返事をした。彼が現われたことに驚いたばかりか、寝ぼけていてまったく機転が利かないときにこんなことになって、ドキドキしたのだ。

「あなたっていつもこうなのね」

「どこに行くの？」

「ジョカンに行くのよ」

「きみはジョカンのネコなのかい？」

「ま、そんなところね」いずれ時がきたら、アタシの高貴な身分については明かすつもり。

「もう行かなきゃ。あと二十分もしたら大切な方のお膝にのらなきゃならないの」

「誰の？」

「はっきりは言えないわ。ダライ・ラマ法王との会見は完全に秘密にされているの」

トラネコの目は大きく見開かれた。「ヒントだけでも教えて！」と懇願した。

「職業柄教えられないのよ」アタシはビシッと言った。そして少し歩きながらこうつけくわえた。「彼女はね、ブロンドよ。アメリカのトークショーのホスト役をしてる」

「そんな人、たくさんいるじゃない」

「あら、ノリノリの聴衆が立ち上がって踊る番組よ。彼女自身も素晴らしいダンサーなの」

まだトラネコには誰だかわからなかったようだ。

「このスゴい美人の女優さんの結婚相手は捨てネコを助けている人なんですって」

「そんな美人の女優さんで捨てネコのパトロンって誰なの？」

アタシの憧れのネコは、さほど勘が鋭いわけではなかったのね。

「さあね」アタシにも分別ってものがあるので、これ以上泥沼にはまりたくなかった。同時に、冷淡だと思われるのも嫌だった。「あなた、お名前はなんていうの？」

「マンボーだよ」と彼は教えてくれた。「きみは？」

「いろいろ呼ばれるのよ」と言ってみた。「血統書付きのネコはたいていそう」

アタシは笑ってこの誤解をそのままにしておいた。状況が状況だったので、アタシの由緒正しい家系が記録として残されていないだけですものね。

「いつも呼ばれている名前があるんでしょ？」

「あるんだけれど、略称でＨＨＣというの」

「ＨＨＣ？」

「そうよ」話しながらジョカンの門に近づいてきた。

「何の略だい？」

「それは、考えといて、マンボー。あなたは世間のことをよく知ってる知恵者だもの」彼の厚い胸が自慢げにふくらんだのを見た。「きっと答えが見つかると思うわ」アタシはくるりとジョカンのほうに向かっていった。

「どうすればまた会える？」彼は大きな声で聞いてきた。

「一晩中灯っている緑色の電灯があるでしょ、そこからアタシのほうを見て」

「ああ、そこなら知ってる」

「金色の帽子を持ってきてね」

次の夜、彼はそこにいた。アタシは窓の敷居にいたけど、見て見ないふりをした。ちょっと胸が痛んだわ。彼がどこまで本気かを試したかったの。

翌々日の夜に彼がミャオーと鳴いたので、情にほだされてアタシは下に降りていった。

「わかったんだよ」彼は石の上――そこは彼を初めて見かけた場所――に座っていて、アタシが近づいていくとそう言った。

「何がわかったの？」

「法王様のネコ、それが君の名前だろ、ちがうかい？」

一瞬、世界中が止まったように思えた。息を止め、アタシの謎めいた正体があきらかにされるのを待ちかまえているようだった。

「そうよ、マンボー」大きなブルーの瞳で彼を見つめながら、彼の答えを肯定した。「大げさに考えないでね」

彼は声のトーンを下げてつぶやくように言った。「信じられないよ。僕は、ダラムサラのスラム生まれなんだ。君は、称号を持つほどの生まれだ。というか、特別な王族だもの」

「ネコの名は……」と言いかけて、虚栄心なんてみじんも入るすきまのない呼び方があるのだろうか、と思った。法王様のネコ菩薩？　カフェ・フランクのリンポチェ？　ミセス・トリンチの呼ぶ、今まで見たこともないような世界でいちばん美しい生きもの？　チョギャルやテンジンが言うスノーライオン？（運転手が名づけたミャオタクトウではありませんように）。アタシは意を決して言った「名前はＨＨＣだとしても、それでも実体は、やはりネコなのだから……」

「言わなくても、わかるよ」

わかってるとは思えなかった。自分でも何を言おうとしてるのか、わかってなかったのにね。

「それで、今夜はどうしたいの？」とトラネコは言った。

親愛なる読者のみなさん、あの夜、あれからどうなったかについてお話しするわけにはいかないの。アタシはそういうネコではないし、この本もそういう種類のものではありません。とくに読者のみなさんは、それを期待するような方々ではないと確信しています。

これだけは言えるけど、あの日以来、ロプサンの知恵ある言葉に一日たりとも感謝しなかった日はなかった。シャンティ・デヴァにも。さらには、よりによって、不機嫌なサービス担当者を派遣してくれたダラムサラ・テレコムにも感謝にしないわけにはいかないわ。

ラージュ・ゴエルの訪問から二か月ほど経った頃、アタシがいつものように秘書室の資料棚の上にいると、ロプサンがやってきた。

「あなた宛ての郵便がこっちのポストに入ってましたよ」テンジンはそう言うと、机に載っていた封筒をひょいひょいとより分けながら光沢のあるポストカードを取り上げた．グラマーなセレブの写真が目に飛びこんできた。

「ラージュ・ゴエルかい？」ロプサンはカードをパッと見て差出人のサインから、名前を言いあてようとしていた。「やっぱり！　ラージュだよ」

「友だちなの？」テンジンが聞いた。

「二か月ほど前に電話線の故障をなおしに来たダラムサラ・テレコムの作業員を覚えているだろ？　なんと今はアメリカ最大の電話会社で働いているんだよ」

テンジンは一瞬、眉を吊り上げた。「彼、少しは礼儀正しくなったんだろうね。そうじゃないと会社で長くはもたないだろうからね」

「きっとマナーはずいぶんよくなったと思う」とロプサンは言った。「失敗するんじゃないかという恐れから自由になったわけだから」

ロプサンは絵はがきを読みながらクスクス笑った。「つい先週、彼はこの人の電話を修繕したそうだ」とカードをかざして見せた。

「それって誰なの？」チョギャルが聞いた。

「ものすごく有名なアメリカ人女優で、捨てネコ保護運動のパトロンとしても崇められている人だ」ロプサンはそう言うと、何事もなかったようないつもの穏やかな表情にいたずらっぽさを浮かべ、アタシのほうを見た。「ラージュ・ゴエルとの出会いの一幕も、このポストカードが届いてひとまずはメデタシメデタシだね。ダライ・ラマのネコ様も、そう思うよね？」

第十一章
本物のネコ菩薩になるしかない！――有益な行動とは

ダライ・ラマのネコであることのマイナス面ってあるのかしら？

みなさんの多くは、こんなことを聞くなんて馬鹿げているし、こんな下劣で恩知らずな考えが心に浮かんだというだけで、甘ったれの嫌われ者としてアタシをただちにこの場から追放するでしょうね。鼻ぺちゃで毛の長いネコはよそよそしく傲慢で、まわりに何もいいことなんてないんだから、とね。

親愛なる読者のみなさん、そんなふうに短絡的に考えないで。何事にも二面性があるでしょ？

歴史的に見ても、アタシと同じようにほかとは比べ物にならないくらいすばらしい環境に恵まれていたネコもいないことはない。物質的に恵まれていて、気の向くままやりたい放題――少し前までは、そのことにすら気がつかなかったくらい――で、そのうえアタシのまわりにはバラエティ豊かな訪問客や行事が渦巻いていて、知的な面でも脳は活性化するし、元気をもらっている。感情面についていえば、これ以上愛され、崇められ、敬われるのを想像するなんてできないくらいいっぱい愛されているので、お返しにアタシができることは心からの信頼を寄せることなの。

そして精神面については、みなさんすでにご承知のように、法王様が部屋に入ってくるだけで、ふだんのものの見え方や考え方がスッと消えてしまい、素晴らしく満ち足りた状態になってしまう。法王様と毎日長い時間をいっしょに過ごして、夜も足元で眠り、膝にだっていつまでも乗っていられることを思うと、アタシってこの地球上でもっとも祝福されたネコに数えられるでしょうね。

ここまで言っておいて、マイナス面があるのかですって？

ダライ・ラマがたびたび説明するように、内面の成長は一人ひとりが自分で責任を持つべきもの。日々の経験という豊かな織物を存分に味わうことができるようにと、他人がアタシたちをマインドフルな状態にしてくれるわけではない。同じように、いくら親切心や忍耐強さが喜ばしいものでも、他人からの強制によって親切であったり忍耐強くなったりすることもできない。瞑想において集中力を高めようとするのも、はっきり言って、自分自身のために努力すべきことなの。

やっと核心に辿りついたわ。それこそ、バツが悪いんだけれど、どうにもならない苦しみが原因なの。

このところ、来る日も来る日も、ダライ・ラマといっしょに上級修行者の瞑想体験を聞いているわ。アタシは瞑想していても二分ともたないのにね。ヨガ行者の人たちが、眠りや物理的な死の体験――永遠じゃないとして――でビックリするような意識の冒険を体験した話を毎週のように聞いている。それなのに、アタシったら、毎晩目を閉じると気づかないうちに深い眠りに落ちてしまうの。

もしダライ・ラマが瞑想するのと同じくらい長時間テレビばかり見ている家族といっしょに暮らしていて、アタシも含めて家族みんなの心がイライラしてる環境だったら、自分が劣っていることに対してこれほどまでに痛みを感じなかったと思う。アタシが、人の幸不幸は持っているものやいっしょにいる人たちで決まり、物や人に対する見方や態度によるものではないと信じてる人たちに囲まれて生活していたなら……。幸せかどうかは外的原因によるものではないと学んできたアタシはこの人たちよりも少しは賢いネコだといえるでしょうね。

でもアタシは、そういう環境にはいない。だから、賢くないのよね。それどころか、あまりに自分がなっていないと感じることが多くて本物の菩薩を目指すことなんてとんでもなく無駄に思えてしまう。瞑想はへたくそだし、ネガティブにばかり考えてしまう癖がある。ジョカンの生活は、巨人に囲まれた小人のような気分になる。

いうまでもなく、アタシは社会生活不適応症なの。その一つが、どうしようもない大食漢だということ。アタシの影の側面だわ。毎日毎日、やめよう、やめようと自分と戦うのだけど、やめられない。大食いはすぐ身体にでる。歩こうとすると後ろ足がヨロヨロして、見るからに不健康。それに、いちばんつらいのはアタシの申し分ない血統がいつまでたっても証明されないことよ。嘆いても嘆ききれない！　まるで尖った砂粒を胸の中心の自尊心にこすりつけられるような痛みだわ。証明書がなければ、自分が本当に特別なのか、みんなが認めるところの名門の出なのか、自信がもてない。

この自分の正直な気持ちがはっきりわかったのはある朝、カフェ・フランクに美味しいご飯を食べにいこうとゆっくり歩いているときだった。ざわざわしたテーブルの間を抜けて、途中マルセルに鼻をつけて挨拶した。彼はキキが来てから、アタシになついているの。フランクも私を撫でにきたので喉を鳴らして彼を喜ばせた。それから、ヘッドウエイターのクサリの脇を走り抜けた。彼は腕に三枚ずつ注文の皿を載せていたので、あやうく落とすところだった。

アタシは華やかなファッション雑誌に挟まれたいつもの場所にとび乗り、特等席からプライベート・シアターの眺めを楽しんでいた。

店はふだんどおりさまざまな旅行者でにぎわっていた。山歩きにきた人、調査研究者、環境意識高い系、それにスニーカー族のリタイア組。でも、アタシの注意はすぐさま三十代とおぼしき一人の男に引き寄せられた。アタシのすぐそばのテーブルでブルース・リプトンの『「思考の」すごい力』を読んでいた。溌剌とした美男子で、目の色は薄く、額は広い。髪はカールして濃いめの色。オタクっぽい眼鏡の奥の目は知性に溢れていて、本もすごく速いペースで読んでいた。

彼の名前はサム・ゴールドベルグといって、カフェの常連客としては古株だった。ひと月前にマクロード・ガンジにやってきて、カフェ・フランクを見つけるとそれから毎日通うようになっていた。フランクは何日かして彼に挨拶をしに来ていた。

二人が世間話など交わすなかから、サムがロスでの仕事を辞めさせられて休暇中だということがわかった。ほかにもマクロード・ガンジでぶらぶらしている、一週間に平均四冊の本を読んでいるブロガーで、心と身体と霊性について書いている、そして二万人以上のフォロワーがいるというようなことね。

ところで、あたらしい可能性が浮上してきたのはその前の週だった。ランチで忙しくなる前のちょっとした空き時間にフランクはサムの向かいに椅子を持ちだして腰掛けた。フランクがこうするのは客に対して敬意を払って話をするときに限られていて、珍しいことだった。

「今日は何を読んでるんですか？」サムにサービスのラテを差しだしながら聞いた。

「おや、ありがたいね。ご親切に」とサムはラテに目をやり、フランクをさっと見て本に視線を戻した。「これは、ダライ・ラマが般若心経を解説したものなんだ」と彼は言った。「古典でね、好きな本なんだよ。もう十回くらい読んでるかな。『ティク・ナット・ハンの般若心経』も好きで繰りかえし読んでいる。般若心経の意味を読み解くのに、本当に素晴らしい解説がされていると思う」

「縁起の話は難しいですね」とフランクは言った。

「なにより難しいです」とサムは同意した。「広義の解釈では、ティロパの『二十八節によるナロパへのマハームドラーの教え』やパンチェン・ラマ一世による『覚者への王道』を理解することが難しいでしょうね。ティロパの書かれたものは素晴らしく抒情的で、詩は言葉の意味そのものを超えたところを伝えるからね。パンチェン・ラマの教えは、もっと散文に近い。縁起というような微細な事象を瞑想するときには、こうした本にあるようなパワーと明晰さこそが必要なんだ」

フランクはサムの言ったことを理解しようと無言でいたが、しばらくしてこう言った。「驚きですよ、サム。私が何を聞いても、すぐさま本のタイトルを何冊もたやすく挙げることができるうえ、論評もできるんですから」

「いえいえ、そんなことありませんよ」サムの色白の首がピンクの斑点で染まった。

「ブログにアップするには、いろいろとネタを仕込むのが大変なんでしょうね？」

「実際のところ、ブログは結果なんです」サムの視線はフランクをすばやく捕らえたが、目を合わせたのではなかった。「ブログのために、というよりも……」

「昔から本の虫なんですか？」

「そうであれば、仕事に役立ちますね。私のいた業界での仕事のことですが」

「どんな仕事なの？」フランクはくだけた調子で聞いた。

「本の販売です」

「ということは？」

「書籍販売のチェーン店で働いていたんです」

「それは、興味深いですね」

アタシは見たわ。フランクの目が輝いたの。アタシがダライ・ラマのネコだってわかったときに見せた輝きと同じだった。

「全部のタイトルを仕入れの日付とともに、覚えておく必要があったんです」

「教えてほしいんだけれど」とフランクは前のめりにテーブルに肘をついて言った。「電子書籍に読者も移行していくというのは、本屋さんの時代が終わるということなんだろうか？」

サムは腰を上げて座り直し、フランクの目をじっと見ようとした。「水晶玉で占っても、名案はないですよ。でも、確かに成功する店は出てくると思う。特殊な本を売る店とか、イベントを組むとかね」

「たとえば、ブック・カフェとか？」

「そのとおり」

フランクはサムのことをしばらくじっくり見てからこう言った。「数か月前から考えていたんだが、ビジネスの多角化をどうすれば成功させられるか、とね。あのエリア、テーブルが置いてあるところとは別のスペースは十分活用してないんで」とその方向を指さした。数段高くなっていて、ライトも若干暗く、テーブルは空席であることがほとんどだった。「毎日大勢のツーリストを接客してわかったんだが、読書家が多いんだよ。ところが、新しい本を欲しいと思っても、この町には売ってるところがないんだ。問題は、本屋の経営について何ひとつ知らないこと。それに、そのことに詳しい人も知らなかったことだ。今の今まではね」

サムはうなずいた。

「で、このアイディアをどう思うかね？」

「ここで本屋をやれば、成功まちがいなしっていうロケーションだね。競争もないし。この地域じゃ携帯が繋がるのはまぐれだし、ましてや電子書籍をダウンロードするなんて無理でしょう」

「大勢の客が心・身体・霊性関連の本にかなり興味を持ってると見たね。いつだって読んでいるのを見かけるよ」とフランクはサムが終わるのを待ちきれずに言った。

「客が一杯のコーヒー以上の目的でいろいろな体験を求めてここに来るのだったら」とサムが矢継ぎ早に言った。「新刊書やCDやギフトなんかも買えるようにするといいね」

「仏教やインドの珍しいものものね」

「質のいいものばかりを集めて」

「もちろんだよ」

サムがフランクの熱い視線を受けとめて、三秒経った。フランクの目はキラキラと輝き、歓びにあふれていた。サムのいつもの内気な表情も晴れわたった。

フランクは言った。「やってくれるかい？」

「えっ？　どういうこと？」

「運営を任せたいんですよ。私の本屋のマネージャーとして」

サムの顔から情熱が一気に引いていくのがわかった。

「あの、依頼は大変嬉しいのですが……できないですよ」サムは眉間にしわを寄せた。「というか、私はここに数週間滞在するだけの身です」

「帰っても仕事がないんなら」フランクは彼を引き留めようと強引な口調で言った。「仕事を提供したいんだよ」

「しかし、ビザが……」

フランクは心配ないという仕草で手を左右に振った。「ビザのことなら任せられる男がいるんだ」

「それに、宿もとれないし……」

「上の階がアパートになっているんで」とフランクは言った。「そこは私に任せてください」

ところが、サムの心配を解消するどころか、フランクは事を大げさにしてしまったようだ。

サムはうなだれていた。首が赤くなったと思ったら、頬にまでだんだんと広がっていった。

「どう考えてもできないよ」サムはフランクに言った。「たとえ何もかもが整えられても……」

フランクは上半身を前に押しだすようにして、サムの目の奥を見つめた。

「なぜ？」

サムは哀しげに床を見つめた。

「言ってみてください」フランクは口調を和らげて言った。

サムはゆっくりと首を横に振った。

しばらく黙っていたフランクが別の切り口で口を開いた。

「信頼してほしいんだ――私は仏教徒なんだ」

サムは力なく笑った。

「教えてくれるまでは私はここを動かないからね」フランクはサムに同情しつつも、引き下がらなかった。そして、身を引いて座りなおした。いつまでも答えを待っているから、というジェスチャーのように見えた。

サムの赤みを帯びた顔は沈んだ色に変わった。今までにないくらい長い沈黙が続いていた。

サムは床を見たまま、しばらくすると、小声で話しはじめた。「センチュリー・シティで店が閉鎖になったとき、私は解雇されたんです」

「そう言ってたね」

「これは、みんながみんな解雇されたんではないんです。何人かはそのまま残って再雇用された」サムは恥じらって首を垂れた。

「それで、どう思っているの？」

「仕事の成果が少しでも上がっていれば、私も続けられたと」

「トップの業績を上げた人間だけを残したんだろ？」フランクは語気を強めていた。「ほかの理由もあるはずだろ？　雇用コスト削減とか？　解雇されたのは長期雇用者だったのかい？」

サムは肩をすくめた。「そうだろうと思う。大多数はね。それにしても、私は人づきあいが下手で、ご覧のとおりですよ。どうしてもうまくできないんですよ、フランク」と言うと、ちょっとフランクのほうをチラッと見た。「学校じゃ、スポーツのチーム割にはいつも最後まで取り残されていたし、大学じゃ、デートなんてできたためしがない。人とうまく交われないんだ。私など迷惑になるだけだよ」

フランクはサムのかわいそうな姿を目の前にして、彼の心を察知しつつ、いたずらっぽい表情を唇に浮かべた。彼はクサリに目配せをしてエスプレッソを持ってこさせた。

「わかりますよ」と少し間をおいて彼は答えた。「たとえばオーダーの覚えが遅い人間を雇ってしまったり、お客が聞いてきたことに対してまったく見当はずれな説明をするようじゃ、そりゃ店としては悲惨ですが」

「そういうことではないんです……」

「たとえば、チームの候補者を選ぼうと誰かがここにやってきて、最初に見つけたのがあなただとするなら」

「あの、私が言いたかったのは……」

「はたまた、運よく独身女性がデートを申しこんできたら」

「私が言ってるのは、自分が話下手だということなんですよ」サムは激しく言いかえした。

「今、私と話しているじゃないですか」

「あなたはお客さんではないですから」

「私は客にカプチーノをオーダーしてくれ、と強要したことは一度もないし、あなたに売り上げを伸ばすように命令するつもりもないですよ。そういうことなら心配いらない」とフランクは言った。

　二人はお互いをじっと見ていたが、フランクはこう言った「本屋のアイディアがうまくいくかいかないかはそりゃわからない。いずれにしても、あなたはこの仕事にピッタリだと私は確信している。たとえあなた自身が、そうじゃないと思っていてもだよ」

二人がこの話をしたのは先週のことだった。フランクはできるかぎり説得しようとしたがその努力も空しく、サムはまったく応じなかった。その後も、サムはカフェに毎日のように通っていたが、この話題に関しては何も触れないままだった。フランクはいつまで黙っていられるのかしらとアタシは内心思っていた。蒸しかえすに違いないと睨んでいたのだもの。

サムと話をしたあと、フランクは本屋にする予定のスペースを測量したり、棚や展示をどうするかなどについて、何人もの営業を呼び、話を進めていた。でも、サムの心を変えることができるのだろうか？

フランクの説得は、あのとおり的はずれだった。それからしばらくして、ある朝カフェに行くと、細胞学と遺伝子工学に熱中するいつものサムの姿は見当たらず、その代わりにゲシェ・ワンポがいた。

フランクにとって師について学ぶことは諸刃の剣だった。それは早くから彼にもわかっていた。得ることはとても大きかったが、課せられることも多大だったのだ。しかも先生がゲシェ・ワンポのように厳しく妥協を許さない場合、剣の刃は剃刀のように鋭い。フランクは、毎週火曜の夜にお寺で開催される「悟りへの道」のクラスに参加していた。クラス以外でも、ゲシェ・ワンポは予想だにしないときにフランクの日常に乱入してくることがあった。その結果、フランクの人生が変わってしまうことになった。

　あるときはこんなことがあった。ウエイターをやっていたスタッフが深刻な問題を起こして雲隠れし、フランクは煙に巻かれて絶望の底にあった。いまだかつてないことだったが、ゲシェ・ワンポは自らフランクに電話をして、用件だけを手短に伝えた。それは、緑ターラ（観音菩薩の涙から生まれたとされる女性の菩薩。二十一尊のターラのなかでも緑ターラが中心的存在であり、強力）のマントラ「オーム・タレ・トゥタレ・トゥレ・ソーハー」を毎日二時間ずつ唱えるようにという命令だった。その週の終わりに、フランクの人材問題は知らぬ間に解決していた。

　またあるとき、フランクがサンフランシスコで病床にある父親からの遠距離電話を受けて、なぜお見舞いに行けないかを説明して、受話機を置いたときのことだった。気配を感じて振り向くと、すぐうしろに師が立っていた。何はともあれ、父親のお見舞いをいちばんに優先して行ってくるように、と有無を言わせず命令した。

　病気で弱っている親に、忙しいので会いにいけない、などという息子がどこにいるだろうか？　何様のつもりだ？　誰のおかげで生まれてきたと思っているのか？　将来、つまり来生、どんな両親のもとに生まれてきたいと思っているのか？　たとえ病気でも平気で無視する親、それとも、健康に気遣ってくれる親なのか？

　ところで、フランクに言っておきたいことがあるわ。免税店に寄って、お父さんのための上等の贈り物を買いなさいとね。

半時ほどして、フランクは実家に戻るためのチケットを予約した。

今日、ゲシェ・ワンポがカフェに来たのはちょうどお昼前の空いてる時間だった。誰もいないテーブルを抜けて、すぐさまサム・ゴールドベルグが一人で本を読んでるところに行った。ゲシェが通ると、そこにパワフルなエネルギーが動いた。彼がえび茶色の衣をまとった単なる僧侶ではなく、もっと強力で恐ろしい存在——まるでお寺のタンカに描かれている火を噴く巨大で青黒い怪物のように思えた。

「ここに掛けてもよろしいですか？」と彼はサムの向かい側に椅子を移動させてそう聞いた。

「ええ、どうぞ」まわりの席はどこも空いているのにわざわざ自分の前に座るのを内心サムは不審に思ったが、そ知らぬふりをしていた。ゲシェは聞いた。

「何を読んでいるのですか？」

サムは目を上げた。「遺伝、えーと、遺伝子工学についてです」

ラマは空になったコーヒーカップ脇に積まれた三冊の本に目をやった。

「本が好きなんですね？」

サムはうなずいた。

フランクがクラスのあとで本屋の構想についてゲシェ・ワンポに話したかどうか気になっていた。どうやら、話はしていないようだった。ゲシェは生徒たちに自己充足して生きることの大切さを伝えていた。サムはゲシェ・ワンポが何者なのか知らなかったが、馴れなれしい人だということはわかった。

ゲシェはサムに言った。「自分の持てる知識を他人とわかちあうのは、とても役に立つことだ。そうでなければ、何の価値があるというのかね?」

サムはラマを見上げて、そのまましばらく視線を動かさなかった。こんなふうに彼が他人の目を長い間見ていることはなかった。ラマの何がそうさせたのだろう? いかにもチベット人らしい厳格さのなかには深い慈悲が宿っていることが伝わり、安心できたからだろうか? ゲシェ・ワンポのほうがその人柄でサムの目線を引き寄せていたのだろうか? もっとわかりやすくいうなら、二人の間に引き寄せの法則が働いたのかもしれない。

いずれにしても、サムが口を開いたときには、いつもの恥ずかしそうな様子はまったくなかった。「あなたがそういう話をされるのは不思議ですね。ちょうど、この店のオーナーにここで本屋を開いてみないかと頼まれたばかりなのですよ」と言って、フランクが本屋にしようと思っていた空きスペースを指さした。

「やりたいのですか?」ラマが尋ねた。

サムは顔をしかめた。「私にできるとは思えませんので」

ゲシェはそれには反応せずにもう一度聞いた。「やりたいのですか?」

「私がいくら断っても、彼はやってほしいと言いつづけるのです。商品の仕入れや店の内装にかなりの投資が必要でしょう。もし、私のせいで失敗したらと思うと……」

「そうですか、そうですか」ゲシェは前にかがみこむようにして尋ねた。「でも、あなたは、やりたいのですか？」

サムの口元は最初かすかに悲しげだった。けれど、だんだん抑えきれないような微笑が浮かんできた。

サムがなにか言おうとする前にゲシェ・ワンポはこう告げた。「それなら、やらなくては！」

サムの微笑みは顔中に広がった。「そのことについて考えていたんです。四六時中。刺激的なあたらしいはじまりになるかもしれない、と。でも、疑いもあったのです」

「どんな疑いですか？」ラマは大げさに眉間にしわを寄せて聞いた。

「どんなって？」サムは言葉を探そうとした。「できるかどうか確信がなくて、不安だらけだったんです」

「それは普通のことです」ゲシェはそう言った。それから強調するように、もう一度もっと低く、大きな声でゆっくりと言った。

「普通のことです」

「このチャンスについて、よくよく考えてみたんです」とサムは説明を始めた。

しかしゲシェはそこまでしか言わせなかった。「考えすぎるのは無駄です」

サムはゲシェの目を見つめた。自分でも心の声に従って言いたいことを言っているのに驚いていた。「あなたは知らないんですよ。私が、人とうまくつきあえないのを」さらに続けて、

「世間と」と言った。

ラマは腰に手を当てると、前にせりだして座りなおした。

「そのことで問題でも？」

サムは肩をすくめて言った。「自尊心の問題かもしれません」

「自尊心とは？」

「自分に準備ができているとは思えないので」

ゲシェは納得していなかった。「でも、あなたはたくさん本を読む。知識はあるでしょう」

「そういうことではないんです」

「仏教では」とラマは顎をあげると挑発的にこう言った。「それを怠けていると言うのです」

サムの反応はいつもとはまるで違った。顔から血の気が引いていった。

「できない、自分はダメだと思って卑下するのは心の弱さです。それは、克服しないといけない」

「選択することもできるでしょう」サムは弱々しく言いかえした。

「選択したいというなら、克服することを選びなさい。もしも弱い心に負けたままだとどうなるだろう？　弱さを養っているようなものだ。その結果、先々でもっと弱い心になってしまう。そうではなく、自信を養うべきです！」ゲシェは背中をまっすぐにして座り直し、握りこぶしをテーブルに置いた。ゲシェの身体から四方八方に強いエネルギーが放たれているようだった。

「私にできると思われますか？」

「やるのです！」ラマは彼に強く言った。「そして、人と話すときは眼を大きく見開いて声に力をこめて話すのです」

サムは今までよりも背を伸ばして座っていた。

「あなたは、『入菩提行』という本を読んだことがありますか？」

サムはうなずいた。

「その本では、自信は有益な行動に注がれるべきだ、とある。これが今あなたがしなければならないことです。有益な行動だろうかと考え、そして決断するのです。『私がやるのだ』と。これこそが、自信のある行動と呼ばれるものです」

「大きく見開いた眼と力強い声ですか？」とサムは大きな声で聞いてみた。

ラマはうなずいた。「それでいいのです」

ゲシェ・ワンポの力強さのおかげか、サムに新たな感覚が宿りはじめたようだった。背筋を伸ばして座るようになり、自信のある態度をとるようになった。目線を下に落とすことなく、ゲシェ・ワンポの目をまっすぐに見るようになった。大きな声で話すことはなかったが、静けさのなかにもっと直観的なコミュニケーションが生まれているようだった。サムは自分の感じていた自尊心なるものが頭のなかで作り上げていた考えにすぎない、ということに気づきはじめ、考えというものは総じてティッシュで丸めて捨ててしまっていいものだということにも気づいた。考えというものははかなく、ほかのあらゆる現象と同様に生じて、そこに留まり、そして消えてゆく。ここにいる僧侶を前にしている間に、サムの考えは人生を肯定的に捉える考えへと置き換えられてしまった。

話し終える頃になってはじめて彼はこう言った。「お名前を存じ上げないのですが」

「ゲシェ・アチャリヤ・ティジャン・ワンポです」

「ステファニー・スピンスター訳の『統合への至上の道』の著者ではありませんか？」

ラマは椅子に深く腰かけ、胸で腕を組み、サムをギロリと睨んで突っこみを入れた。

「よく知ってますね」

その日遅くにジョカンへぶらぶら戻りながら、アタシはゲシェ・ワンポが言っていたことで頭がいっぱいだった。仏教では、自分に自信がないことを、ある種、怠惰と同じだとみなし、この心の弱さを克服しなくてはいけないと教えているというのを聞いて、サムと同じように、ギクッとしたの。仏法の修行、とりわけ瞑想となると、アタシって本当に無能と思わずにはいられないんですもの。ジョカンに暮らしていて、素晴らしい悟りが可能だということを何度も思い起こす環境にいるのに、アタシの瞑想ったら、本当になっていなくて、もう続けても意味がないように思えた。

でも、フランクの先生が言ったように、このまま弱い心に負けてしまったら、どうなるかしら？　どんどん心が弱くなり、いいことなんか何もない。なんだかオロオロするほどのっぴきならない論理だったけど、不思議と受け入れざるをえない力強さがあった。

その夜、窓の敷居で瞑想の姿勢をとっていると、前足がぴったりきれいに揃い、目は半眼になり、ヒゲは最上の状態になった。そして呼吸に注意を向けようとすると、ゲシェ・ワンポの言葉が思いだされた。

アタシは完全な役割モデルを生きている、それも自分の修行を支えてくれる多くの人のおかげだということを思い起こしていた。本物の菩薩ネコ、いえ、ネコ菩薩として進化するためのこれ以上ふさわしい環境はない。

何があっても、アタシはネコ菩薩に向かって邁進すべきなのよ。

さっきまでの瞑想ですっかり悟ったネコになったかしら？　アタシの態度の変化はすぐに極楽浄土を出現させるかしら？

親愛なる読者のみなさん、そうだと言ったなら嘘になるでしょう。瞑想ではとくに進歩はなかったの。でもそれより重要だと思うけど、瞑想に対する感じ方が変わったの。

それからは瞑想がうまくいかなかったからといって、それを理由にやめることはしないことを決意した。自分の体験を法王様のところに訪ねてくるオリンピック記録級の達成をした人との比較では考えないことにしたの。アタシは、ダライ・ラマのネコとして、そりゃあ、欠点や弱さもあるけど、アタシなりの強さも持っている。これからは、サムが受けたアドバイスのように「眼を大きく見開いて、力強い声で」瞑想することにした。心を鎮める集中瞑想について、そのすべての教えを完全に理解できていないとしても、やり方は熟知してるもの。

親愛なる読者のみなさん、この話には後日談があるの。もちろん、あったほうがいいわよね。予想外の飴玉をもらうようなこと、バレエのスピンのような眼の回る展開。そういうときって、いろんなことがいい方向に動きだすの。アタシって幸運を呼ぶネコなのね。

この本がそうだから。

そして、ここまでアタシにつきあってくださったみなさんは、好むと好まざるとにかかわらず、まちがいなく同じように幸運を呼ぶポジティブ派だと思う。

まず、最初に白状しなくってはならない。

サムが自分はどんなに仕事に不適任かをフランクに説明しながら、どんどん自信喪失のスパイラルにはまっていくのを聞いていたあの日、アタシはとても落ち着かなかった。本屋を辞めさせられた事情を話したことが引き金となって、スポーツチームの選抜で最終候補にもれたことへの悔しさも耐え難いものに思えた。大学で恋の花ひとつ咲かすことができなかったことも自分に対して社会生活不適応者の烙印を押すことになった。仕事のよくできるプロがスポーツ万能とは限らないし、素晴らしい女性が最低のクズ男といっしょになるのはよくあることでしょ。そんなことがサムの自滅的な思考にストップをかけることはなかった。彼がどんなに知性的な人間かを考えてみれば、彼の説明の仕方はちょっと間が抜けていたし、滑稽ですらあった。それもこれも、辛すぎた体験のせいに違いないわ。

さらに、彼がバラバラの体験を上手につなぎあわせて一連の気の滅入るような嘆き節を語りはじめたとき、アタシはもうどうしようもなく辛くなった。自分もそうだったと気がついたから。

アタシだって、ネガティブな考えが一個浮かぶと、そこから何の関連もない別のネガティブな考えを芋づる式に引っ張ってきてしまっていないだろうか？　瞑想に入ろうとしてうまくいかないと、我慢できずに食事のことが気になりはじめる。姿勢に集中しようとすると、足を怪我したせいでおかしな歩き方しかできないことをくよくよと考えてしまう。すると、必然的に幼いころの悲しい思い出がよみがえり、血統書のことが気になって仕方なくなる。

ゲシェ・ワンポから精神的ショックを受けてしまってからというもの、反対のエネルギーの動きがあるのを発見した。つまり、ポジティブな考えも増幅するということ、そして予期せぬ素晴らしい結果をもたらすということを見つけた。

ゲーテ作とされているこんな言葉がある。冷蔵庫用のマグネットやグリーティング・カードや、ちょっとしたインスピレーションを与えてくれる小物なんかによく使われているもの――「為せば成る、夢見れば成る、はじめよ。勇気には守護、力、魔法が宿る」テンジンによればゲーテの作品のなかにそんな言葉はないらしいんだけど、それにしても人の心を動かさずにはおかない響きがある。

あるとき、瞑想修行にもっと自信を持つことにしたの。すると、ほかのことにもいい影響があった。ミセス・トリンチが残しておいてくれる角切りのチキンレバーの最後の切れ端をただそこにあるから、という理由で食べることはしなくなった。法王様と選ばれし客たちとの会談の場にも、シッポをピンと高く上げて入っていくの。当然よね？

そしていちばん奇妙だったこと。それは、タシとサシ、ストリート・チルドレンから見習い僧となったあの二人が、法王様に言われてアタシの世話をしてくれたことがあったけど、暇さえあればジョカンの客間に訪ねてくるようになったの。

ふだんは五分間ほど床に座って、首を撫でてくれる。ときどき、マントラも唱えてくれた。ある午後、アタシの態度がポジティブに変わってから数日経った頃、彼らが来たの。いつもと同じように上等の絨毯の上に転がり、上向きに足を広げて、彼らがお腹を自由に撫でやすいようにしていた。

ちょうどそのとき、チョギャルが部屋に入ってきた。

「いいね」と二人に向かって笑いかけながら言った。

「素晴らしく美しいネコに成長しましたね」とタシが言った。

「ヒマラヤ種だよ」チョギャルは屈みこんでアタシのベルベットのような耳の先っぽを撫でながら言った。「普通はね、お金持ちしか飼えないネコなんだよ」

サシはしばらく遠くを見るような目をしてからこう言った。「このネコのお母さんはお金持ちに飼われていたんです」

「そうなの？」チョギャルは眉を吊り上げた。

「私たちは貧民街に住んでいたけれど、お母さんネコが大きな家から出てきて壁沿いに歩いてゆくのをよく見かけたんです」

「ものすごく大きな家だった」とタシが言った。「プール付きの家！」

「母ネコはそこでご飯を食べてた」

「ある日、母ネコをつけていくと子供のところに行ったんです」

「そういうわけで子ネコを見つけたんです」サシが言い終えた。

「あの人たちの家にはピカピカのメルセデスが何台もあって」とタシは思いだすように言った。

「それに、車を磨くだけが仕事の召使もいました」

チョギャルは立ち上がった。「興味深いね！　そうすると法王様のネコは、純血種だということになるかもしれない。知ってると思うけど、戒律で、仏教徒は与えられるもの以外は、勝手に人のものを盗ってはならないんだよ。とすると、その家族に連絡がとれるかどうかが気になるところだな。このネコをもらったお礼を支払わなくては」

第十二章
ブータン王妃の膝で、仏の教えを聞く――菩提心について

ジョカンに州のトップの役人たちが来る日は、毎度のことながら大忙しだった。面長で顎の尖ったインテリの役人たちは建物内の棚という棚をどれも開けてまわり、中まで見てまわろうとするので、そつなく対応するための準備に大わらわだった。実行委員会のチーフらは細かい打ち合わせを重ねていた。屋上での警備員の配置や、貴賓客用のトイレットペーパーの種類まで、安心・安全のために万一に備えた予備費の説明が各項目にわたり延々と続いた。

こういう様子ならアタシだって気配で察するけど、法王様がある客人を迎え入れた日は、アタシとしたことがまったく気づかなかった。一国のリーダーというだけではすまない、まさに

本物の女王様がいらしたのだ。

いつもの入念な準備が何もされないままこの日が訪れた。面会予定の三十分前にセキュリティがひかえめに整えられた。これは、予想を裏切ることだった。なぜって、この特別な王族のご訪問を法王様が待ち焦がれていたのをアタシは知っていたのだから。昔、法王様が若い女王様とその旦那様のことをとても温かいお気持ちで語っているのを耳にしたことがあったの。彼女は特別な美しさを備えていて、そのうえ、世界中でたったひとつのヒマラヤの仏教国の王様に嫁がれたというようなお話だったわ。

もちろん、ブータンの女王様のこと。

学生時代にヒマラヤ地域の地図帳をじっくり見たことがない読者のために――そういう方がいたとしたら――ちょっとブータンの説明をするわね。ブータンはネパールの東、チベットの南、バングラデシュのちょっと北に位置する小国。目立たない国なので、ベーグルに挟んだスモークサーモンのかけらがうっかり広げていた地図のちょうどブータンの位置に落ちてしまうと隠れてしまうくらい小さい国なの。ヨーロッパの大半の国も同じように大国の間に挟まれて注意を引くことがないかもしれないけど、ブータンだけは見落とすわけにはいかない。なぜなら、単純なことなんだけれど、地上のシャングリラにいちばん近い場所だから。

ヒマラヤ連山に囲まれ、遠くて隔絶された王国で、六十年代までは自国貨幣も電話もなく、一九九九年になってようやくテレビが入ってきた。人々は伝統的に物質的な豊かさよりも内面的な豊かさを高めることに重きを置く生活を営んできた。一九八〇年代にブータンの国王自らが国の発展の指標として国内総生産量《GDP》ではなく、国民総幸福度《GNH》のシステムを制定した。

信じられないような断崖絶壁の岩棚に黄金の寺が建ち、深い谷に祈りの旗がはためく。七世紀に建立された、香の煙が充満する寺で僧侶たちは経文を唱える。ブータンには神秘的な力が宿っていた。その国の若き王妃が法王様のお部屋に姿を現すと、めったにお目にかかれない存在感に圧倒された。

アタシはいつものように窓の敷居の上で朝の太陽を浴びながらうとうとしていた。そのとき、ロプサンの案内する声が聞こえてきた。「女王陛下」という言葉にゴロンと仰向けに転がり、敷居の端から頭がぶら下がる格好になったわ。

さかさまから眺めてみても、彼女はこの上なく美しい生きものだということが見てとれた。小柄で、黄金色の肌に黒くつややかな長い髪、人の心を魅了する優美さが香りたっていた。華麗な刺繍で飾られた足首まであるブータンの伝統衣装であるキラに身を包み、まるでお人形さんのようだった。それでいながら、動作は自然で気取りがなく、人間的な温かみに溢れていた。

彼女が法王様に伝統的な白いスカーフを捧げるときの仕草は、頭を下げてお辞儀をして、両手は胸の前で合掌する帰依のポーズを表していた。礼を尽くした挨拶が終わると、腰を掛ける前に部屋を見渡し、すぐさまアタシに気がついた。

目があったとたん、本当にチラッと見つめあっただけだったけど、言葉を超えて心が通いあうのを感じた。瞬時に、アタシは彼女がアタシたちの仲間だとわかったの。

ネコ愛のひと。

腰掛けると、手のひらでサッとキラのスカートを平らに伸ばした。それはまるで、次に何が起きるかを見越しているかのような仕草だった。敷居から転がりおりてカーペットに着地したアタシは、ヨガの太陽礼拝のポーズをとって、前足をグーンと伸ばした。次に後ろ足を伸ばし、シッポを激しく振り、下半身をブルっと震わせ、それからおもむろに彼女が座ってるところに向かった。膝にとび乗ると、すぐさま落ち着いた。彼女はといえば、昔からの友だちのようにアタシの首を撫ではじめた。お互いに直感で深いつながりを感じていた。

ときおり、非常に稀なことだけど、生まれつきネコの気持ちの変化を察することのできる人がいる。この瞬間に望んでいることは、ついさっきまで望んでいたこととはまるで違うという、アタシたちネコの気持ちがわかる人。なかには、ネコを撫でるときにも、加減というものをわきまえている人もいる。もういい加減にしてよ、とくるりと振り返って爪を立て辛辣な警告を発するまでしつこくしてはダメだということを知ってる人。アタシたちは、なぜか、人差し指を狙って警告する癖がある。鴨のグリル缶に飛びついて夢中になって食べた日があるからといって、次の日もそれが欲しいだろうと思うのは大きなまちがい。見向きもしないことだってあるの。

ネコは不可解、そのココロは謎、でもかわいくてかわいくて、抱きしめずにはいられないと言ったのは、イギリスの首相ウィンストン・チャーチルじゃなかったかしら。断言してもいいけど、最近、チャーチルについての記事を読んでいたら、このとおりのことが書いてあったの。たとえ、言っていなかったとしても、こう思っていたことはまちがいないわ。ウィキペディアに教えてあげるべきね！

それから、もう一人、物理学者アルベルト・アインシュタインがいる。彼は、ネコと音楽だけが、人生の惨めさから救ってくれるということを事実だとして語っているの。二十世紀のもっとも偉大な科学者が、ほかの動物のことにはまったく言及してないということに注目すべきじゃない？　でも、この結論は、親愛なる読者のみなさんにお任せするわ。

アタシたちネコは、命令されて座ったりジャンプしたり、ベルの音でよだれを出したりするようなロボットのような生きものじゃない。そもそも、パブロフのネコなんて聞いたことないでしょ？　はっきり言わせてもらうと、想像を超えている、考えも及ばないという生きものなの。

そうなの、ネコという生きものはまったくのミステリー。ネコ自らにとってもそうなの。大概の人は、世話がかからないわりには、喜びを与えてくれるというので、飼いたいと思うらしい。本当に理解してくれているのは、少数派にすぎないわ。で、このブータンの女王様は、少数派のなかでもまれにみるエリートでいらっしゃる。

お近づきのしるしに何度か撫でてくれると、今度は指先を揃えて額を爪で優しくマッサージされたの。なんともいえないゾクゾクする歓びが背骨を伝ってシッポの先の先まで走っていくのを感じた。

アタシはあらんかぎり喉を鳴らして彼女に応えた。

それまで王様やご親族の健康を気遣う言葉をかけていた法王様は、アタシに視線を向けた。訪問客にはネコが部屋にいても大丈夫かどうかをまず最初に尋ねるのが普通だった。ときたまネコアレルギーの人がいるらしいけれど、その反応ってネコへの冒瀆じゃない？　たとえていうなら、ベルギー産のトリュフか、はたまたイタリアンコーヒーか、もっというなら、モーツアルトにアレルギーを起こすくらいひどすぎる。女王様はアタシにとても優しかったので、法王様はこの野暮な質問をしなくてすんだ。そして、アタシを見てこう言った。「こんなことは珍しいです。今までこんなにすぐさま人になつくことはなかった。この子はあなたのことが大好きなんですね」

「私もこの子が好きです」女王陛下は答えた。「この子は素晴らしいわ！」

「我らが誇る小さなスノーライオンですから」

「この子がいるとさぞかし楽しいでしょうね」女王様は、指先を動かすと、ちょうどよい加減でアタシのチャコール・グレイの耳をマッサージしてくれた。

法王さまはクックッと笑った。「この子はすばらしく個性的なんです」

それからも会話は続いた。女王様は仏教のさまざまな修行について話をした。話の最中も、気持ちよく撫でつづけてくれ、アタシはほどなくまどろみの心地よさのなかにいた。二人の会話がアタシの上を行き交っていた。

このところずっと、毎日の瞑想をきちんとやろうと真面目に努力していた。ゲシェ・ワンポの厳しい言葉が胸に響いていたから。お寺にも何度も通って、高僧のみなさんのさまざまな教えの会に参加していた。毎回、異なった角度から、仏教の修行が論じられていた。どの教えにおいても、修行を実践することの重要性が説かれていた。

マインド・トレーニング、つまり心の訓練というものが、仏教実践の基盤になっているというのを知った。そして、瞑想をするときだけではなく、毎日の生活のなかでマインドフルネスを実践して、集中力を高めていくことが奨励されていた。

ある高僧はこのように説明された。「一瞬一瞬、自分の想いや考えを客観視することができずに、それに振りまわされてばかりだと、自分の思いや考えをどうやって変えていくことができるだろうか。監視をしなければ、管理することはできない」

どうやら、マインドフルネスが修行の基盤になるらしい。

また別の先生は六波羅蜜（布施、持戒、忍辱、精進、禅定、智慧）こそが仏教の法脈の核心であり、それはなぜかということを説かれた。「寛容な行為としての布施、仏教におけるルールである戒律、そして忍耐の三つだけをとりあげてみても、もしこれが十分に実践できていなければ、経典を学んだり、マントラを唱えたりすることが何の役に立つだろうか。善行によって徳を積むことがなければ、どんなに仏教の修行をしてもさして意味があることにはならないだろう」
また、別のラマは、空性についての智慧こそが、ブッダの教えをほかの教えから区別する最大の特徴だと説いた。目に見えているこの世界の顕れは幻想であると強調し、この微細な真理を理解するためには、教えを聞き、それについて考え、瞑想によって悟るという聞《もん》・思《し》・修《しゅう》の過程を何度も何度も繰りかえし努力して習得することが必要だと説いた。「言葉や概念を超えて、直接的にこの真理を理解する者だけが、ニルバーナ（苦しみの輪廻を脱した安楽の境地）を達成できる」という。

女王様と法王様の会話から、さまざまな思いが去来し、アタシはつい昨夜受けてきたばかりの教えについて思いだしていた。ほの暗い寺のなかで、数えきれないくらいのブッダや菩薩の像や壁のタンカに囲まれながら、ナムギャル寺いちばんの行者がタントラの修行、とりわけ白ターラ（長寿、健康をもたらすとされる菩薩）や薬師如来に関する行について説明をしてくれた。それぞれの行には、そのもととなる経典と成就法があり、それに即して、お唱えや観想をし、マントラを唱える。説明によると、悟りに速く到達するために、ある種のタントラはとても力があって重要視されているそうだ。

速く到達したくない人なんているの？

チベット仏教を学んでいけばいくほど、ほとんど何も知らないことを思い知らされた。言うまでもなく、教えは刺激的で夢中になった。いつもなにかしら心惹かれるあらたな行が待っていた。ところが、同時に学ぶことが多くて混乱もしていた。

耳の上をかすめていく会話をぼんやりと聞いていたところへ、女王様のこの発言がアタシを完全に覚醒した意識のなかへ連れ戻した。「法王様、わたくしどもの仏教の伝統のなかには、とても多くの異なった修行法がありますが、もっとも重要なのはどの行法でしょうか？」

これって、まるで彼女がアタシの頭のなかを読んでるみたいだった！　口に出して言ったことこそなかったが、これはアタシの質問でもある。アタシも知りたかったことなの。

法王様はなんら躊躇することなく言った。「当然のことながら、もっとも重要なのは、菩提心の行です」

「すべての生きものを悟りの境地に導くために、自分は悟りを得るのだという願いをもつことですね」と女王様は念を押した。

法王様はうなずいた。「この悟りの心は汚れなき清浄な大いなる慈悲を基盤としています。言いかえれば、汚れなき清らかな大いなる愛の上に成り立つのです。この場合の汚れなき清らかさとは、先入観のない、条件づけがされていない、という意味です。そして大いなるという意味は、生きものすべてを利するということ。たまたまいま好感を持っている小さなグループのことではなく、生きとし生きるものすべて、です。

私たち仏教徒の見解からすれば、あらゆる苦しみを避けて、永遠の幸せを享受する唯一の道は、悟りを得ることなのです。このため、菩提心がいちばんの利他的な動機とされています。

悟りを得たいと願うのは、自分のためだけではなく、すべてのほかの生きものが同じ境地に到達できるよう助けたいからなのです」

「これは難しいですが、やりがいのある動機ですね」

法王様はニッコリした。「もちろんです。悟りをただ単に麗しい概念として頭に思い描くのではなく、悟りを確信すること、それこそが生涯をかけて取り組まなければならない仕事です。はじめは、ただ見せかけだけだと思いがちです。自分がブッダになってすべての生きものを悟りに導くことができると装おうとして、自分で自分をだまそうとしている、とするかもしれない。

しかし、一歩一歩、理解を深めていく。これをすでに成し遂げた人々がいることを知る。自分たちのなかにもその能力が潜在してることに自信を持つ。自分よりも他者に気持ちを向けることを学んでいくのです。あるとき、聖者とはなにかについて興味深い定義を聞いたことがあります。『聖者とは、自分のことよりもほかのいのちのことを考える人々だ』というのです。これは、参考になる考え方です。そう思いませんか？」

女王様はうなずき、それから深く考えている様子だった。

「菩提心の考え方はまさにそのとおりだと思いますが、菩提心を実行しようといつもこのことを心に留めておくのは……」

「そうです。菩提心に意識を向けていることは、大変に役に立ちます。行動にも、言葉にも、心においても、菩提心を活用できることがたくさんあります。私たちの毎日の生活は、菩提心を育てる可能性とチャンスに溢れています。私たちが菩提心を行じるごとに、ブッダが言われたように、はかり知れないほどの功徳を積むことになるのです」

「法王様、なぜそんなに功徳が大きいのですか？」

ダライ・ラマは椅子から身を乗りだし言った。「徳のパワーは、ネガティブなパワーよりもずっとずっとパワフルなんです。しかも、菩提心以上の徳はありません。菩提心を開発しようとすれば、私たちは外側ではなく、内なる資質にフォーカスします。自分のことだけではなく、他者が幸福であるようにと想起します。その場合、今生だけの短い時間軸で未来を限定して考えているのではないのです、パノラマのような広大な見方で考えるのです。通常の私たちの考え方とは反するものです。私たちは心をいつもとはまったく違う大変にパワフルな軌道に乗せる、ということをするのです」

「先ほど、毎日の生活は修行をするチャンスと可能性に溢れている、とおっしゃいましたが」

法王様はうなずいた。「誰かになにかよいことをしてあげるたびに、それが毎日の決まりで相手にとってはやってもらうことが当たりまえになっていることでも、私たちはこのように思うとよいのです。『相手に喜んでもらうこの愛の行為によって、衆生を救うために私が悟りを得ることができますように』。また、布施行をするときは、人に施しをしている場合も、ネコに食事をあげる場合でも、どんなときでも同じように考えるのです」

この話を聞きながら、アタシは大きなあくびをした。ダライ・ラマも女王様も愉快そうに笑った。

するど女王様はアタシのサファイア色の瞳を見つめて、こう言った。「人でも、生きものでも、この人生で出会うということは、カルマなんでしょうか？」

法王さまはまたうなずいた。「もしとても深い縁があるなら、今生で別れても、また何度も繰りかえし出会うことになります」

「動物のために声に出してマントラを唱えるのは、馬鹿げていると思う人もいますね」

「いや、そんなことはありません。とても役に立つことなのです。なんと言えばいいでしょうか。心の連続体に植えつけられた、よいカルマの種が将来において条件が揃うと熟するということがあります。経典のなかには、小鳥たちに向かって大きな声でマントラを唱えていた行者の話があります。小鳥たちは来世で仏法に引き寄せられて、悟りを開くことができたのです」

「そうすると、このかわいいスノーライオンもとってもよいカルマの種をもらっていたのでしょうね？」

「そのとおりです！」

そのときだった。女王様はありえないくらい不思議なことを口にした。あとになって考えてみても、不思議と言うしかなかった。「もしこのスノーライオンに赤ちゃんができるようなことがあれば、そのうちの一匹を譲っていただければ光栄です」とつぶやくように言った。

法王さまは手を打って「それはいい！」と喜んだ。

「本気なんです」

法王様は女王様の目が慈愛に溢れているのを見て、そしてこう言った。

「覚えておきましょう」


それから何日か経ったある朝、アタシは秘書室に滑るように入っていった。電話も鳴らなければ、午前中のメールもまだ届かず、めずらしく暇そうだった。チョギャルの淹れたお茶を飲みながら、二人はミセス・トリンチが差し入れたバタークッキーを美味しそうに口に運んでいた。

「おや、おはよう、ダライ・ラマのネコ様」アタシの胴体を服の上からチョギャルの脚にこすりつけていると、挨拶代わりに彼はしゃがみこんでアタシを撫でようとした。

テンジンは椅子にそっくり返って聞いた。「この子が来てからどれくらいになるかな？　覚えてるかい？」

チョギャルは両手を広げて肩をすくめた。「一年かな？」

「いや、もっとだろう」

「キキより先だったかな？」

「キキが来るより前ねえ」テンジンはバタークッキーにまぶされた砂糖の粉を落とさないように上手に口に運んだ。「あれは、オックスフォードの教授が訪問してきた頃じゃなかったかな？」

「正確なところを見てみよう」とチョギャルはパソコンに向かい、カレンダーを呼びだした。「覚えているかい？　あれは法王様がアメリカから帰られたちょうどその日だよ」

「そうだった！」

「十三か月前か、いや、十四か月かな。待てよ、十六か月になるじゃないか」

「そんなに前かい？」

「変わるもんだな」チョギャルは指を鳴らしてテンジンに、そうだろと言わんばかりだった。

「フム」

「なにか理由でも？」

「ちょうど考えていたんだ」とテンジンは言った。「この子は、もう子ネコじゃないだろ。予防接種を受けたときに、避妊手術をしたほうがいいと言われたじゃないか、ついでにマイクロチップもインプラントするのはどうかって」

「獣医に連絡するのを忘れないようにしないと」とチョギャルは予定表に打ちこみながら言った。「金曜の午後、この子を連れていかなくては」

金曜の午後がやってきた。アタシはダライ・ラマ専用車の後部座席でチョギャルの膝の上に座っていた。ジョカンから動物病院に車は向っていた。例の運転手がハンドルを握っていたけど、この運転手のことについては、別になにも言いたくないの。ケージやカゴの類は必要なかったし、野生の悲痛な泣き声とも無縁。どう転んでもアタシは、ダライ・ラマのネコなんですから。

丘を下ってゆく道々、アタシは窓の外の風景に興味津々だった。ひげが好奇心でピクピクした。どちらかといえば、チョギャルのほうが神経質になっていた。アタシを撫でていないと落ち着かないようで小声で、マントラを唱えていた。

ドクター・ウィルキンソンは背が高く、手足がひょろ長いオーストラリア人の獣医だった。アタシをすぐさま検査台の上に乗せると、口を開けさせ、耳の穴のなかを照らし、体温を測るためにアタシに屈辱を強要した。

「もうどれくらい経つのか、わからなくなってしまいまして」チョギャルが医者に言った。

「この子とは思ってる以上に長くいっしょにいるんですよね」

「最初の注射はしてありますから」と獣医は彼を安心させた。「それがいちばん大切です。あとは、前回診《み》たときよりも、少しだけですが体重が減っているのでよかったですね。毛艶は文句ないですね」

「今回はマイクロチップをインプラントしていただきたいと思ってます。それから避妊手術もですが」

「マイクロチップですか」ドクターはアタシの全身をマッサージしながら言った。「それはいずれにしろいい考えですね。いつもここには迷子が持ちこまれるんですよ。飼い主が見つからなくて困ってしまうのです。この現状には胸が痛みます」

ドクターはしばし沈黙し、マッサージの手も止めていた。「避妊手術の件ですが、しばらく延期しなくてはなりませんね」

チョギャルは眉を吊り上げた。「今すぐ、と考えていたわけではないので……」

「六週間です。短く見積もって一か月かもしれません」獣医は意味深な表情を投げかけた。

チョギャルはまだわかっていなかった。「手術の予約が詰まっているんでしょうか？」

ドクター・ウィルキンソンは笑みを浮かべながら首を横に振った。「避妊手術にはちょっと遅すぎましたね」とチョギャルに告げた。「法王様のネコはお母さんネコになられたようです」

「生まれた子供はなんと呼べばいいかな？」

帰り道、チョギャルがこのニュースを伝えると運転手はこう聞いてきた。チョギャルは肩をすくめた。たぶん別のことを考えていたんだろうと思いたい。この朗報を法王様にどう切りだそうか、とね。

「チュウ党ミャオタクトウの子供たちでいいかな？」運転手は悪乗りしすぎだと思ったわ。

エピローグ

カフェ・フランクでは改装工事がはじまっていた。職人たちがもう何日も前から店の正面に梯子をかけて看板絵を描いていた。フランクが本屋にしようと計画しているエリアは、衝立で仕切られていた。ドリルやカナヅチの音、職人たちの出入りの激しさから、幕の向こう側ではずいぶんと改装が進んでいる様子だった。

何が起きているのか聞かれるたびにフランクはこう説明した。

「カフェ・フランクは重要な再スタートを切るのです。今まであったものはすべてそのまま残して、バラエティ豊かに品揃えを増やしていきます。ここでの時間がさらに素敵なものとなるでしょう」

そう説明されても、内張りで被われた向こう側の世界は、謎に包まれたままだった。

アタシの人生にとって、今こんなことが起きているのは象徴的だった。アタシは、お母さんになるの。カラダの変化は顕著だった。その結果がどんなことになるのかはまだわからない。いろいろ想像してみるだけ。子どもは何匹生まれるの？　ジョカンでの生活が変わるのかしら？　子どもはヒマラヤ種？　それともトラネコ？　はたまたその中間？

　一つだけアタシが自信を持って言えるのは、ダライ・ラマ法王様が手厚くサポートしてくれるということ。チョギャルが獣医に行ったときのことを法王様に報告すると、法王様の顔が輝いた。「おお、なんと素晴らしい！」法王様の言い方って、まるで子供が驚いたときのようだったわ。屈みこみながらアタシを撫でてこう言った。「かわいいスノーライオンの子どもたち、楽しみだね！」

　自分の出生のこと、これはいつまでも謎のままだと思っていた。それが、このことに関しても、急展開があったの。タシとサシがものの弾みでアタシの母親が飼われていた家のことをしゃべってから数日の間に、チョギャルはなんと二人を連れて、デリーまで行ってその家を突き止める手はずを整えていた。家は簡単に見つかったらしいけど、鍵がかかっていて警備員が見張っていたらしい。ここに最近人が住んでいた気配はなく、ましてや飼いネコがいた証拠はどこにも見つからなかった。警備員の一人にメモを渡してきたけど、今のところ返事はないみたい。

　そんなこんなの理由が重なって、アタシは自分が大きな変化の波の先端にいるような気がした。人生の地殻変動が起きていた。何事も、このまま変わらないということは決してない。そう考えると、気持ちが昂ってきた。同時に心配もあった。そういうときに、心のなかにゲシェ・ワンポのイメージをいきいきと思い描くと、これでいいのだと思えるのだ。この変化のときをポジティブな変容にもっていくつもり。どんな小さな変化も無駄にしない。

とりわけ、このカフェ・フランクの再スタートは絶対見逃せない。ここは、アタシのいろいろな活動の源になっていたんだもの。

その夜、イベントがはじまるのは夕方六時からだった。アタシは早めに丘を下って向かっていた。眺めのいい特等席はそのままだった。養生用のシートはすでに取りはらわれ、その代わりに大量の紙の束が幅広の赤いリボンで結ばれていた。

イベントの開始が近づくにつれ、客たちが三々五々集まりはじめた。まずはマクロード・ガンジの常連、このグループはいつものように多種多様な人種、ジョカンの人々もいた。ミセス・トリンチも美容院に寄ってから姿を現した。お祝いの場にふさわしく黒髪を魅力的に整えてもらったのだ。黒いドレスに金の装飾品、黒のアイラインという装いに彼女独特の大陸的な雰囲気をつけくわえていた。

チョギャルもまたキキのかつての保護者としてふさわしいいでたちで現れた。

フランクはすぐに彼をカウンターに案内した。カウンターの下のバスケットには洗ってもらってすっかりきれいになったキキとマルセルが首に赤と金のリボンをつけて待っていた。

飲み物が振るまわれ、カナッペが一巡すると、部屋のなかは陽気な声でかつてないほどにぎわった。人混みのなかに、アタシはパテルおばさんを見つけた。彼女の店の前を通っても、このところの彼女はなぜか悲しげで、お皿に食べ物はのせてくれなかった。

サムも見かけた。紺色のシャツに白い麻のジャケットをスマートに着こなしていた。最近は、フランクとつるんでなにか新しいことに熱をあげているらしく、レストランにいつも姿を見せていた。フランクからの申し出を受け入れてから、彼は一生懸命に自己再生をはかっていた。本屋の責任者として彼は出版社の営業マンを何度も招集し、販売情報管理システムの画面について教示し、最新式の説得術を伝授した。あるときなど、仕事がなってないじゃないか、と大工にむかって腕を突き上げて強い態度に出ていた彼を見た。

テンジンは人混みのなかでも目立つ立場にあり、ハーバード大学から来た二人組と話をしていた。ゲシェ・ワンポは、部屋の入り口付近のリボンのそばで、ナムギャル寺の年配の僧侶たちに囲まれていた。

フランクはと言えば、まるで水を得た魚のように、部屋中を回っていた。ところが、今日の彼はいつもと違い、三十代とおぼしき非常に魅力的な女性と腕を組んでいた。

フランクの変容ぶりは彼がゲシェ・ワンポと会ったときからはじまったものだが、毎週ゲシェのクラスに通うようになってからさらに際立ってきた。オームの文字をかたどった金のイヤリングやブレッシングの紐はいつのまにか身に着けていなかった。苦行僧のように見えていた坊主頭は、今では突然変異を起こしたかのように、ふさふさの金髪でみごとに被われていた。服もピチピチにタイトではなくなり、ビシッとした黒づくめからも解放されていた。

もっとも大きな変化は目に見えないものだった。キッチンやホールスタッフにとって地獄だった空威張りのガキ大将のような態度はなくなっていた。短気が高じて爆発を繰りかえすこともなくなり、逆に、そんなことがあるときまり悪そうな態度になった。また、ダライ・ラマ法王はこう言われたのですよ、仏教ではこうですよ、といった知ったかぶりもなくなった。アタシが法王様のネコだという自慢話もしなくなっていた。おまけに、仏教徒という言葉すら彼の口からここ何週間も聞かなくなった。

そして、気になるのは彼のそばにいる若い女性のことよね。誰なの？　彼女は今週は二回もカフェにやって来た。一回目は、テラス席で二時間以上もフランクと話しこんでいた。二回目は、彼に連れられてキッチンに入り、ダクパ兄弟たちやクサリとも長時間話していた。

今夜の彼女は、コーラルレッドのきらびやかなロングドレスを華麗に着こなし、長い黒髪は背中に流れ、耳にも首にも手首にも宝石が輝いていた。彼女は、これまで見たことがないほど強烈に美しい人だった。その容姿からはエネルギーと慈悲があふれていた。フランクが集まった人々に彼女を紹介すると、みんな彼女の温かい人柄にメロメロになっていたみたい。それほどの女性だったのね。

アタシはといえば、「ヴォーグ」と「ヴァニティフェア」のファッション誌の間でいつものロータス・クッションに座って集まった人々を眺めていた。大きくなったお腹のなかでときどき赤ちゃんが動くのがわかるの。この場を眺めながら、今のこの瞬間に、深い満足を感じていた。アタシをここまで導いてくれたすべての経緯があったからこその今だと感慨深かった。

キキはカウンターの下のバスケットで休んでいた。キキがアタシの人生の仲間入りをしたのも、ちょうど自己啓発のグルであるジャックが来たのと同時だった。彼らを通して、隣の芝生は青いからって、それで嫉妬するということの愚かさを教わったわ。そして、本当の幸せの因は、衆生をさまざまな苦しみから解放するために尽くし、彼らが幸せになることを願うなかにこそあるということを知ったの。愛と慈悲とはなにかを学んだということね。

ミセス・トリンチからは、こういうことをただ知ってるだけでは、役に立たないということを認識させられた。真理を認識して、それによって、自分の態度やあり方が変わるところまで深めていかないといけないの。これを「めざめ」と呼ぶのだわ。

マインドフルネスを実践しているアタシのまわりの人たちから学んだことがある。それは、今この瞬間にいる、ということがどんなに重要なことか、またそれによって日常生活の小さな出来事でもどんなに豊かで味わい深いものになるかということ。

今この瞬間に完全に気づいていることによってのみ、行動が覚醒したものとなる。一杯のコーヒーを淹れる行為は言うに及ばず、日常のあらゆる行為が覚醒の行為となるってね。

フランクはこと毛玉に関しては、アタシの先生だった。自分のことばかり考えることの危険性、考えすぎて自己嫌悪に陥ることとの危険性をあの毛玉事件で教わった。もう一つあるわ。仏法というものが、なにも声高に難しいことを言ってみたりすることや、いかにも修行者みたいな服を着て仏教徒面することなんかじゃなくて、自分の意識や言葉、行為それ自体に教えを表していくことなんだって、フランクを見ててわかったの。

そして、もっと覚醒した生きものになるためには大変な努力が必要で、ときには心が折れそうになるけど、ゲシェ・ワンポが言われていたように、自信をなくして怠けてる暇なんかないの。しっかりと正しく生きるためには、眼を大きく見開いて、力強い声で進んでいかなくてはならない。

今回姿を見ない重要なゲストが実は一人いた。ダライ・ラマは海外での短期滞在から戻ったばかりで、ちょうど飛行場からの帰宅途上だったけど、メッセージが届いた。誰もが、あたかもダライ・ラマがここにいるかのように感じていた。メッセージにはこうあった。「わたくしの宗教は思いやりの宗教です。チベット仏教徒として核心となるのは菩提心を育むことです。すべてのいのちあるものが幸せになれるように助けたい、という慈悲の心から生じてくるこの菩提心を育てることが目的です」


カフェ・フランクにはまだまだ人が集まってきた。この場がこんなに人でいっぱいになるのを見たことがないくらいだったわ。立ち見の人でギュウギュウになっている店内をかき分けながらフランクは前へと進み、式典のために用意された演壇にまでたどりついた。

誰かがグラスを鳴らしたことで、部屋の中のどよめきはすぐさま静まりかえった。

「みなさん、本日はご来場ありがとうございます」フランクは集まった人々の顔を見まわして話しはじめた。「今日は、私ども、そして、このカフェに集われる皆様全員にとりまして、特別な日であります。そして、お知らせ申し上げたいことが一つではなく、三つあります。一つ目は、かねてより療養中でありました私の父の健康が悪化したこともあり、看病のためにカフェ・フランクを去ることにいたしました」

驚きと同情の声があがった。

「サンフランシスコには、半年から一年、滞在することになりそうです」

ゲシェ・ワンポが満足そうにうなずいているのをアタシは見た。

「最初、何はともあれ父のもとへ行かなくてはならないと認識したとき、まずはカフェをどうしたらよいかと考えました。閉鎖したくはありませんでした」

落胆のさざ波が広がっていくのが目に見えるようだった。

「しかし、このままではどうにもならないとわかっていました。ところが、二週間前に、ヨーロッパ最高のレストランを運営されてるセレナ・トリンチさんにお会いできるという素晴らしく幸運な出来事があったのです。セレナさんはダラムサラにいらしたばかりです」そう言うと、今宵一人ひとりに紹介して回っていた赤いドレスに身を包んだ若い女性のほうに顔を向けた。

彼女は返礼の意味をこめて微笑んだ。

「セレナさんはブリュージュではミシュラン星二つに輝いたレストランで、ベニスのホテル・ダニエリではマネージャーを務められ、そしてつい最近までロンドンで流行の最先端を行く話題のビアホールを運営されていました。しかしながら、マクロード・ガンジに帰っていらっしゃい、という声を無視することができずに、今ここにおられるわけです。そして、大変嬉しいことに、私が留守の間、この店の管理を引き受けてくださいました」

熱狂的な拍手喝采が湧き起こり、セレナはそれに応えてお辞儀をした。ミセス・トリンチは母としての誇りで顔をほてらせ、娘を見ていた。

「わたくしは、長きにわたり、このあとのスペースをどう使ったらよいか、と思案しておりました」フランクはそう言いながら彼の背後のまだ隠されたままになっているスペースを指し示した。「いくつか案はあったのですが、どのように実行に移せばよいかがわからなかったのです。そうしたところ、これがまた怖いほどの偶然というのでしょうか、ピッタリの人物がどんぴしゃりのときに目の前に現れたのです」そう言うと、彼はすぐそばにいたサムのほうに顎を向けた。

「ここで、わたくしの先生であり本日の賓客であられますゲシェ・ワンポ師にこちらの新しいスペースの幕を開けていただきたくお願いいたします」

拍手に押されて、ゲシェ・ワンポはフランクのいる演壇に上り、大きな赤いリボンの前に立った。あやうくすぐにでもリボンを解こうとするところだったが、何かを思いだしたようだった。

た。

「そうでした。ええ、この素晴らしい新書店の開店をお祝い申し上げます」ゲシェのためらいがちな口調が笑いを誘った。「この新書店が、生きとし生けるものに幸せをもたらし、苦しみをなくす因となりますように」

ゲシェがリボンを力をこめて引くと、紙のパネルが崩れて開き、並んだ本やＣＤのラック、カラフルなギフト用品の数々が光の下にさらされた。歓声と拍手が湧き上がった。ゲシェがサムに演壇に上がるように手招くと、フランクは嬉しそうだった。サムは首を横に振って嫌がったが、ゲシェはしつこくすすめた。サムがようやく二人の間に立つと、拍手はさらに大きくなり、ゲシェが手をかざして威厳に満ちた仕草で「静かに」と指示するまで鳴りやまなかった。

「ここにある本は」と彼は前に並んだ本を指さして言った。「大変に役に立つ。なぜそう言えるかというと、確認済みだからです。一、二週間もすれば、ナムギャル寺から僧侶たちがわんさか押し寄せてくるでしょう。彼らに本を買うお金はないかもしれないが、一冊ずつ立ち読みして中身を調べることでしょう」

ゲシェ・ワンポの真顔の話しぶりに会場は沸いた。

「これだけの本を集めてきたのは、この人です」ゲシェは振り向くとサムの腕をつかんだ。「大変な読書家なんです。読書家として知れわたっているお坊さんの上をいきますね。知識もかなりある。しかし、少々、内気でいらっしゃる」

ゲシェの目がいたずらっぽく、きらっと光った。「ですから、みなさん、サムとは気長に忍耐強くつきあってください」

サムは当惑している様子からはほど遠く、ゲシェの談話に励まされたようだった。満面の笑みのゲシェに、サムも笑顔で返すと、集まった人々に向かって大きな声で話しはじめた。「ここには、す、素晴らしい本が揃っています。名だたる古典的作品はもちろん、注目すべき新刊書も取り揃えました。じ、自信を持って、心・身体・霊性に関する部門では、アメリカのどんな本屋にも負けていないと言えます。みなさんのおいでをお待ちしております」

サムの挨拶が終わると拍手が鳴りやまなかった。サムの隣では、ゲシェ・ワンポが二人だけにわかる謎めいた笑みを送った。

「みなさん、この新しい本屋に早く入って見てみたいと思っておられることでしょう」フランクが再び場を仕切っていた。「こちらでは、クレジットカードも使えますので、よろしくお願いします。その前に、三つ目のご報告があります。たった今から、カフェ・フランクはあらたにヒマラヤ・ブック・カフェという名前になります。店の正面に新しい名前の看板を掲げました。今晩、はじめてご覧に入れます」

またまた大きな拍手がひとしきり続いた。

「ここに最初に店を出したとき、食べ物でやっていこうと考え、そうしました。今までやってきて、そのことを否定するつもりはありません。ただ、その頃とは事情が変わり、レストランで食べ物を提供するだけではなく、それ以上のことを楽しんでいただけるようになりました。そして幸運にも、私のあとについてきてくれる人たちも育ってきました。ここにいるチームのみなさんといっしょに働けることは大変光栄なことです。キッチン担当のジグメとナワン・ダクパ、クサリを筆頭にホール係のみなさん、そして、新しくサムとセレナも加わってくれました。そういうわけでみなさん、どうか大いに飲み召し上がってください。そして、本とギフトにたくさんお金を使っていただいてけっこうですよ！　サンフランシスコから戻りましたら、みなさんとまたお会いできるのを楽しみにしています！」

祝賀パーティは佳境に入っていた。サムが本屋に入ると、待ちきれずに本やギフトを買い求めるお客さんたちがレジの前に長い列を作っていた。レストランではフランクがセレナといっしょに客の間をぬってウエイターよろしくシャンパンやワインを注いでまわった。レストランはいまや市場のごとく活況を呈し、こんなに笑いとエネルギーに溢れかえっていることはいまだかつてなかった。まさしく、生きる喜びが渦巻いていた。

いちばん最初にアタシがこのカフェに来たときからみれば、なにもかも、雲泥の差だ。なんせあのときは、入り口のドアから、外に投げ捨てられたも同然だったんだもの。アタシは思うの。もしも、美味しいものにありつけるかもしれない、と初心な期待を抱いてここに来てなかったら、どうなっていたかって。キキにちゃんとした家があって、ナムギャルに来なかったら？　もしもフランクがゲシェ・ワンポの弟子にならなかったら、はたまた、サムがあのときに店に来なかったらどうなっていたかしら？

縁起の連鎖って不思議ね。ここまで導かれてきたことに喜びを感じているの。それに、まだまだこの連鎖は続いていく。

その夜遅く、本屋に押し寄せた人の波が一段落するとサムは感慨深げに会場にいる人々を眺めていた。そのとき、セレナがサムのところにやって来た。

「素晴らしい夜だったわ！」彼女は幸せのオーラに包まれていた。

「夜はまだ終わってないのでは？」

アタシは気づいたんだ。サムは会場を避けるようにして、困ったような笑みを浮かべて、彼女をまっすぐに見た。

そのとき、二人は同時に何か言おうとした。

「先に言ってみて」と彼女が言った。

「い、いいんだ」と彼は彼女にどうぞ、という手ぶりをした。

「あなたが先に言わなくちゃ、ダメ」

アタシのいるところからはよく見えるの。サムの首に赤い斑点が浮かび上がり、嵐のときの雨雲のように集まって顎を赤く染めてあげていったかと思うと、彼は唐突に口を開いてこう言ったわ。

「提案しようと思ったんだ」はっきり言って、必要以上に大きな声だった。「いっしょに働くことになるだろうから……」

「そうね、だから？」とセレナは先を促した。彼女が髪をかき上げると、イヤリングがまぶしく光った。

「もし、あなたさえよければ……」

「何かしら？」彼女は明るく聞いた。

「その、よかったら、いつか食事でもどうかな、と思って」

彼女は笑った。「あら、同じことを考えていたのよ」

「え、ホントですか？」

「いいわね！」

「金曜の夜はどう？」

「それでいいわ！」首を伸ばすと、セレナはサムの頬に優しくキスをした。サムは彼女の腕を強くつかんだ。

ちょうどそのとき、フランクが二人のうしろの人混みからふと現われた。セレナの背中越しにサムと視線が合うと、フランクはウインクを送った。

その夜、家に戻ると、アタシはいつものように窓の敷居に乗っていた。ダライ・ラマ法王はといえば、デリーから戻って、アタシの傍の椅子で読書中だった。

窓はあけ放たれており、松の木の爽やかな香りとともに、風は何かもっと別の気配を運んできた。未来への希望の気配だ。

本を読んでいる法王様をじっと見つめながら、ある思いがこみ上げてくるのをどうすることもできなかった。こんなに素晴らしい方に助けられて、なんと幸運なんだろう、とね。こういう瞑想的な気分のときにはいろんな思いが浮かび上がってくるものなの。

今でも、ニューデリーでのあの日の様子が勝手に頭に浮かんでしまう。とりわけ、新聞紙にぐちゃぐちゃに包まれて、息も絶えだえに死にそうだったあの最後の数秒間のことが頭から離れない。

しばらくすると「これはいい本だ、かわいいスノーライオンちゃん」と法王は本を閉じ、立ち上がってアタシを撫でながら言った。

「アルベルト・シュバイツァー博士の伝記を読んでいるのだがね、博士は一九五二年にノーベル平和賞を受賞したんだよ。博士はとても慈悲深く、誠実な人だった。ちょうど、博士が残したこの言葉を噛みしめていたところだよ。『ときとして、私たちの内なる光は消えそうになる。

しかし、誰かと出会うことで再び炎となって燃え上がる。誰もがこの内面の炎を再び燃え上がらせてくれた人に深く感謝しなくてはならない』。そのとおりだと思う。どうかな、ダライ・ラマのネコ様はどう思うかね?」

アタシは目を閉じ、喉を鳴らした。

訳者あとがき

ネコはネコでもダライ・ラマのネコである。ヒマラヤの麓にあるダラムサラ、チベット亡命政府が置かれているインドの実在の町が舞台だ。ある日、ダライ・ラマのもとを訪ねたハリウッドの女優がこのネコを見て、「この子にも伝えたいことがあるのでしょうね」と一言漏らした。それに触発されて、ネコの「アタシ」は突然「ネコとしても何かしら役に立つ本を書きたい」という想いに駆られる。これが、プロローグで明かされるこの魅惑的な作品の「誕生秘話」である。はたしてネコは、ダライ・ラマの傍らで何を見聞きし、感じ、どんな生活を送っているのか？

スラムで死にそうになっているところをダライ・ラマに拾われて住みはじめたダラムサラには、ネコの好奇心を満たすすべてがあり、やがて恋人にも出会う。重要なのは、ダライ・ラマを中心として個性あふれる人物がつぎつぎと登場し、ネコが彼らの言動から「幸せに生きる気づき」を得ることである。気づきは、心を開いていさえすれば、ほんの小さなきっかけで、どこにでも、どんなときにも見いだすことができる。感情が激しく揺れているとき、身体が不調なとき、美味しいものを味わっているとき、うとうとと夢を見ているときでさえ、足元の日常こそが気づきの詰まった宝の藏だということを、ネコは伝えてくれる。これは、ひとつのいのちの躍動感あふれる魂の成長物語である。

ただ、ひとつ心配なことがある。本書の書き手でもあり、主人公でもあるネコの「アタシ」があまりにもリアルにいきいきとダライ・ラマとの日々の様子を語ってみせるので、好奇心旺盛な読者が「ダライ・ラマの猫」に引き寄せられて、こぞってダラムサラの例の有名なカフェを訪れ、毛並みのふさふさとしたヒマラヤンがブルーの目を大きく見開いて、おやつをもらいに身をすりよせてくるのを待ちわびるのではないか。

もちろん、これはフィクションであるから現実に「ダライ・ラマの猫」が書かれたとおりに存在するわけではない。それなのに、法王の膝の上で今日も喉をグルグル鳴らして気持ちよさそうに来客との会話に耳を傾けているネコの姿が目に浮かんでくる。この胸に抱きしめてみたいくらいかわいい法王様のネコだ。

そして、これこそがこの小説の持ついちばんの魔力でもある。現実と虚構の間にあるすきまに一瞬にして引きこまれ、まったく別の世界をまるで現実であるかのように印象づける。それは、賢いこのネコが仕組んだ小説の仕掛けのせいだと言えるかもしれない。虚実入り混じった小説の扉を開けると、いつのまにか私たちもネコになってダライ・ラマのまわりで起きる出来事を見聞きし、体験している。ネコ好きならば、本当に心躍る体験である。

本書は、各章ごとに展開するネコの語りから、さまざまなテーマが浮かび上がってくる構成となっている。原書にはなかったが、本書が楽しく読める仏教書でもあることを示すために、各章の物語の主要な内容とそれに対応するチベット仏教のテーマを章見出しにたてることにした。ご覧いただくとおわかりのように、エコロジー、ベジタリアン、カリスマ・グルといったきわめて現代的で身近な材料を、仏教という普遍的な光によって照らしだして料理した、ちょっと真似のできない作風に仕上がっている。作者はネコを自在に遊ばせながら、ベストセラー作家としての巧みな技を駆使し、仏教の深い知識を融合させた。

そうして、ネコの手ならぬネコの語りを借りることによって「本当の幸せとは何か」という深遠なテーマを、ほのぼのとしたあたたかさのなかに包みこみながら伝えてくる。

そんなあたたかさを象徴するようなシュバイツァー博士の言葉をダライ・ラマは、物語の最後にネコに語って聞かせる。「ときとして、私たちの内なる光は消えそうになる。しかし、誰かと出会うことで再び炎となって燃え上がる。誰もがこの内面の炎を再び燃え上がらせてくれた人に深く感謝しなくてはならない」

内面の炎とは、人によっては情熱かもしれない。創造力かもしれない。あるいは、人生の歓びそのものかもしれない。さらに言うと、それは誰もがもっている悟りの種「仏性」かもしれないし、「菩提心」かもしれない。「菩提心」とは、慈悲と利他の心を基盤に、生きとし生けるものを救いたいと願い、そのためにこそ菩薩の道を歩もうとする決意のことである。かつて釈尊はその道を歩み、ブッダとなった。それから二五〇〇年以上経たいまでも、チベットでは脈々と内面の火が燃えている。心の内側においては慈悲として、外の行動においては非暴力として。少なくともいのちを傷つけないという思想が生きている。親から子へ、世代を超えて生活の中でこのような考え方が染み込んでいけば、この世界も変わっていくことだろう。

こんなことがあった。一九八八年にダライ・ラマへのインタビューを申しこんでしばらくダラムサラに滞在していた折、図書館へと続く坂道をぴょんぴょんと爪先立って飛び跳ねるように下って行くお坊さんたちの一群と出会った。何をしているのか、と不思議に思い聞いてみた。「アリを踏みつけてしまわないように気をつけて歩いているのです」という答えだった。よくよく彼らを観察すると、熱いお茶に飛びこんできた小さな虫は、火傷をしないようにといち早く救いだし、むきだしの腕に止まった蚊は息を吹きかけて追いやっている。それがダライ・ラマから小さな子供まで、チベット人の生き方になっていた。余談だが、ダライ・ラマは傷ついたネコや犬、鳥などを外で見かけると、連れて帰って飼われていた、という話を公邸にいた方から聞いたこともある。

このインタビューで、ダライ・ラマは「チベットの闘いとは、仏教精神に裏打ちされたスピリチュアルな闘いであり、忍耐、寛容、思いやり、といったよき資質が途絶えることなく受け継がれてゆくよう、チベット人の文化を守る闘いなのだ。私たちの非暴力の闘いは地球上のひとつの実験だ。これがよい結果をもたらせば、世界中によい影響を与えるだろう」と言われた。

私は深く共感した。さらに「私は常々チベット人に中国を敵として憎んではならない、と言っている。本当の敵は自分のなかにある煩悩だ」とも言われた。それは、外側の現象ではなく内面の心こそを重んじるチベット仏教の智慧そのものの言葉だった。

本書にはまた、ダライ・ラマが常日頃から法話のたびに話されている言葉が、まるで宝石のように散りばめられている。エンターテインメントとして読んだあとも、読者のそばに置いていただく大切な一冊となれば、訳者としてはネコ冥利に尽きる。

最後に、『ダライ・ラマの猫』を発見し翻訳をすすめてくださった編集者の幣旗愛子さんには感謝すると同時に、出版への情熱に頭の下がる思いです。完成のゴールまで、二人三脚で支えていただき、ありがとうございました。また、刊行にあたって、遅れがちな翻訳を待ちつづけていただき、最後まで丁寧なチェックでお世話になった二見書房の船津歩さんには、感謝の申しあげようもありません。翻訳家である三人の畏友にも感謝します。英文の理解を助けていただいたアラン・グリースンさんとジョン・モンローさん、チベット名などの表記をご教示いただいた三浦順子さん、ありがとうございました。また、ダライ・ラマ法王日本代表部事務所のルントック代表には貴重な情報をご提供いただきお礼申しあげます。

なお、訳者としては本文中のダライ・ラマの描写は敬語で表現したいところでしたが、本書の性格上編集の方針により、敬語は省略させていただきました。ご寛容のほどをお願い申し上げる次第です。

本書が今後もよいご縁に恵まれ、チベットの教えが広く認識され、多くの方の幸せに役立つことを願ってやみません。

二〇一八年九月仲秋の名月に

梅野　泉

※本作品はフィクションです。本書に登場する名称、人物、場所、出来事は一部を除いて著者の想像の産物ないしは架空の設定です。本作品の性格を鑑み、読者諸賢のご寛容をお願い申し上げる次第です。

著者／ デビッド・ミチー（David Michie）

ジンバブエ共和国生まれ。南アフリカのローデス大学で学ぶ。世界40か国以上で26の言語に著書が翻訳されているベストセラー作家。著作やセミナーを通して現代人にわかりやすく仏教の智慧を伝えている。無類の動物愛好家としても知られる。ロンドンで10年間暮らしたのち、現在はオーストラリア在住。2015年よりアフリカで「マインドフル・サファリ」を主宰。著書に『Buddhism for Busy People』他多数。

訳者／ 梅野 泉（Izumi Umeno）

芦屋市生まれ。エジプトのアレキサンドリアで育つ。立教大学英米文学科卒業。詩人。コピーライター時代にチベットに出会い、フリーとなる。1988年、ダライ・ラマ14世にインタビュー。訳書に『チベッタン・ヒーリング』、共訳書に『雪の国からの亡命』『癒しのメッセージ』。詩画集に『OIL RABBIT』『恋文』。詩のパフォーマンス多数。

ダライ・ラマの猫《ねこ》

ネコが伝《つた》えてくれる幸福《こうふく》に生《い》きるチベットの教《おし》え

著　者　　デビッド・ミチー
翻訳者　　梅野 泉

発行所　　株式会社 二見書房
〒101-8405
東京都千代田区神田三崎町2-18-11
電話 03(3515)2311／営業　03(3515)2313／編集
振替 00170-4-2639

印　刷　　株式会社 堀内印刷所
製　本　　株式会社 村上製本所

ISBN978-4-576-18170-7　https://www.futami.co.jp